浦睿文化 出品

爱情太短 而遗忘太长

慕容素衣——著

CNS PUBLISHING & MEDIA
湖南文艺出版社
HUNAN LITERATURE AND ART PUBLISHING HOUSE

目　录

第 1 章 CHAPTER 1　不曾爱过　怎会懂得

第 2 章 CHAPTER 2　不过　一场相遇

第 3 章 CHAPTER 3 万物皆有缝隙 那是光进来的地方

第 4 章 CHAPTER 4 此去经年 藕断丝连

第 5 章 CHAPTER 5 其实我很可爱

第1章

不曾爱过 怎会懂得

陪你变老的人不是我
错过，一生
灰姑娘们
吻错青蛙的公主
何如将驴换成马

陪你变老的人不是我

1

在房地产公司做策划总监的钟维维星期一这天常常忙得连根针都插不进去。

开策划会、讨论选题、布置任务，所有的事情都要有条不紊地展开。时间被划分成一小块一小块的格子，务求每个格子都要填得满满的。有时事多得溢出来了，就得将休息和吃饭的时间划进去。

这个星期一开策划会的时候，公司新进的一个海归老跟钟维维抬杠，钟维维谈笑风生，不动生色地用圆滑来抵销了他的尖锐。

平常一个小时能开完的会花掉了一个半小时。钟维维长吐一口气放松地靠在椅背上，掏出设置成静音状态的手机，一看居然有四个未接来电。都是男朋友谢涛打过来的。

钟维维回拨过去，听见谢涛在电话那头心急火燎地说：“维维，快来救我！”

钟维维的声音一下子高了好几个八度：“是房子着火了还是世界末日了？你又不是不知道我星期一最忙！”

电话那头沉默了半晌，然后谢涛吞吞吐吐地说：“反正差不多吧，我不小心撞了一个人，警察说要担保人签名才能出来。”

钟维维的脑袋“轰”地一下炸开来，什么也没说就挂断了电话。

顾不上交待手头的工作，她匆匆地赶到了派出所。

窝在拘留室一角的谢涛见她来了，可怜巴巴地笑着叫了声“维维”，身上还穿着那套可笑的赛车服，皱巴巴的像个乞丐。

钟维维正眼也不瞧他，迅速办理完相关手续就往外走。

谢涛一迭声叫着她的名字在她身后追赶。

当他的手触碰到她的衣襟时，钟维维猛地回头，劈头盖脸地冲他一顿猛吼。

她说：“七年了，我受够你了。”

她说：“你看看，你哪一点像个三十岁的男人。”

她说：“我再也不想看见你，你今天之内一定得从我的生活中消失。”

钟维维在说这些话的时候，眼泪像虫子一样爬满了脸庞。

谢涛惊愕地看着他歇斯底里的恋人，发现即使是流着眼泪在控诉，钟维维都显得如此强悍。

但仿佛还是昨天，她偎在他的怀里，嘟着粉红色的小嘴呵气如兰地说：“等你有钱了，给我买根哈根达斯好不好嘛。”

2

二十一岁的钟维维很落魄。

那一年她像许多刚刚毕业的大学生一样来深圳找工作。刚来的时候意气风发，两个月后斗志全无，住在关外那种用来出租的鸽子房中以方便面维持生命。

这种鸽子房，年复一年地上演着“底层”的生活场景。钟维维的隔壁，住着二十三岁的谢涛，是一名遭人冷眼的保险推销员，微薄的薪水刚够糊口。

一个夜晚，谢涛的房门被敲响了。打开门一看，钟维维穿一条单薄的睡裙，用瑟瑟发抖的声音怯怯地问他：“我可以进来坐坐吗？”她的脚边，放着个老式的皮箱，显然是因交不起房租被房东赶出来的。

这种事谢涛见得多了。可钟维维的大眼睛巴巴地看着他，让他想起童年时养的一条小狗，每次他放学，它就会跑过来，眼神极其依恋，钟维维那会儿就是这样的眼神，他的心无法不柔软。

那个夜晚，钟维维拎着一只旧皮箱住进了他的小屋。

谢涛连着打了三个晚上的地铺。

第三天夜里，床上的钟维维怯生生地拉了拉他的手，示意他可以上床去睡。

于是，在一张咯吱作响的木板床上，他们潦草地结束了彼此的第一次。深夜十二点的时候，他们已经像一起生活了很久的夫妻一样讨论着要找份好的工作，争取在关内租个房子，离上班的地方近点儿。

有时候，很多少女在来不及领略玫瑰色的爱情之前，就被暴戾的生活逼进了洞房花烛夜，然后再慢慢地开始和枕边人学着相敬如宾。

因为这一点，谢涛对钟维维总是心存怜惜的。他忘不了，她坐在闷热的鸽子房中跟他一点点计算着房租的情景。二十一岁，别的女孩还在放肆地享受着丰盛的青春，而她早就经历了“贫贱夫妻百事哀”。

相爱总是好的，纵使是低到尘埃里的生活，偶尔也会开出馨香的花来。钟维维进了一家房地产公司做文案策划。两个人都休息的时候，谢涛开着他那辆破摩托车载她去看海，在人山人海的大梅沙，钟维维笑得像一朵花。

喜欢吃冰淇淋的钟维维老爱念叨着要去尝尝哈根达斯。有一次谢涛豪气地宣布请客，她又临阵退缩说：“还是等我们有钱了再说吧。”

现在回头看那段日子，除了物质上的困窘外，更多的是世俗的幸福。

3

七年跌跌撞撞的日子走下来，他们似乎已经没有充足的理由分开。他们之间的问题，无非是日子长了总会有的问题，比方说审美疲劳，比方说短暂的见异思迁，比方说柴米油盐的琐事。

生活一天天好转，他们甚至在这个寸土寸金的城市拥有了一套 70 平米的房子，首付大部分是钟维维付的。

如今的钟维维已不是当初那个被房东赶出来的可怜兮兮的小女孩，现在她二十八岁了，世故、坚强、性感，一举一动透着一种被岁月打磨出的干练。房地产公司新进的大学生都毕恭毕敬地叫她“维维姐”，有时候，她干练得让谢涛陌生。

比起来，谢涛就没有什么突飞猛进的发展。勉强混到个业务经理，心性还停留在小孩子的阶段：爱泡吧、爱打牌、爱飙车、爱和狐朋狗友鬼混。喝酒醉了、打牌输了、包括出点儿小小的交通事故，都是钟维维在帮他收拾烂摊子。

或许也有过爱情吧，萌生于相濡以沫阶段的爱情生命力本应顽强，可一次又一次的争吵、敌视和怀疑使爱也倦怠了，像一根失去了弹性的橡皮筋。

撞人事件是促使他们分开的催化剂。如果没有这个事件，必定还会有其他形形色色的事件来充当这个催化剂。

钟维维下班回家时，谢涛已将他所有的行李打包好。他的东西很少，不过一口皮箱就装完了。钟维维最后一次叮嘱他："上进一点，努力一点，你比谁都会出色。"

他临走前提出，想请她吃一次哈根达斯："你跟着我，吃了那么多苦，现在，我请得起你了。"

钟维维生硬地拒绝了他，尽量使语气显得冷淡。

谢涛提着皮箱走出了房间。

这一幕突然和七年前的那一幕重叠在一起，画面倒回去，二十一岁的钟维维，拎着皮箱走进了谢涛的出租屋。

多么残酷的轮回。

钟维维躲在窗帘后，从缝隙中看到谢涛上了一辆的士。

不是不心酸的。

4

重新做回单身美女的钟维维，坚信只有幸福才能覆盖伤痛。对亲朋好友介绍的青年俊杰一概不推脱，相亲饭局排满了每个周末。

左挑右选之下，也和那么几个保持着不咸不淡的交往，离谈婚论嫁的火候还差得远。

二十八岁的钟维维，有着青春靓丽的容颜，一颗心却已有沧桑之意。她明白自己已经不起折腾，奈何男士们不太配合，似乎还想体验一下恋爱的激情。

像钟维维这样的熟女，即使感情上波澜不惊，身体也是不甘寂寞的。

某个月黑风高的夜晚，钟维维和一个见过三次面的外企男喝多了几杯，人有点儿糊涂，等到稍微有点儿清醒的时候，外企男已经坐在了她客厅的沙发上。

都是成年人了，这个时候就只有顺水推舟这条路可走了。

或许是因为陌生，或许是因为新鲜，当外企男采用了一种她从未尝试过的体位时，钟维维感觉很好，好像比谢涛的轻车熟路还要好。

她很快地达到了巅峰，外企男还在她身上忙活。他的身体很肥壮，一点儿都不像谢涛，瘦得硌人，钟维维对着这具陌生的肥壮的男人躯体忽地厌恶起来，有种冲动想把他一脚踢下床去。她想自己真是无耻啊，刚刚从男人的身体上尝到了甜头，马上翻脸不认人了。

外企男倒是把这看做关系进一步深化的象征了。他躺在她的身边，以一种志在必得的口吻说：“维维，我们不如结婚吧！”

钟维维说：“可是我们互相一点都不了解啊。”

外企男笑了：“我离异无子，有房有车，年薪十万以上，这些你没见我就知道了啊，反过来，我也很了解你啊。”

“不是这种了解。”

钟维维在心里无声地辩解。

“你知道我初到深圳的彷徨吗？你见过我二十一岁的笑容吗？你了解我每次升职的艰辛吗？”

外企男已沉沉地睡去。

他熟睡的面孔令钟维维无比陌生，谢涛的脸就在这个深夜浮现出来，那样清晰。

钟维维一直想不通，都说爱情只有十八个月的保鲜期，究竟是什么将相爱多年的两个人纽结在一起？现在她知道了，除了爱，还有一起走过的共同岁月，那些共同岁月是其他人无法取代的。

她生命中还有几个七年，能同一个男人携手走过，见证彼此的疼痛、欢乐和成长？

5

分手半年后，钟维维和谢涛重逢了，在繁华的深南东路上。

这期间她陆续听到他的消息，朋友说他一下子成熟很多了，不像以前那样贪玩儿，努力工作之余还不忘做点儿投资。

从人群中涌现出的熟悉面孔让钟维维有刹那的惊喜，很快她目光一转，发现了他臂弯里还勾着个娇滴滴的小姑娘，顶多二十出头的年纪吧。

钟维维的心一瞬间沉了下去。

谢涛也看见了她，低头在小姑娘耳边说了句什么，便只身大踏步地穿过人群向她走来。

两个人客气地互相问候，钟维维借口有事要先走，谢涛急切地说："你等我一下好吗？"

他们站立的地方，正是振华大厦的出口，钟维维看见谢涛急急地奔进去，又急急地跑出来，手里拿着一个哈根达斯冰淇淋。

"我就要结婚了。"谢涛将冰淇淋递给她时说。

钟维维淡淡地"嗯"了一声，直到离去，她始终没有说"祝你们幸福"。就像滕丽名在相恋多年的男友魏骏杰结婚时表现出来的态度：你们幸福你们的吧，总之我绝不祝福。

人生最大的幸福莫过于一个男人按照你所喜欢的模式改变着自己，而人生最大的不幸则是，这个男人最终成为了别人的老公。每个女人都想做男人的恋爱终结者，事实上，和他一起成长的人未必能陪着他慢慢变老，总有些女子可以坐享其成。

钟维维咬一口这个死贵死贵的哈根达斯，有点儿甜腻，和普通冰淇淋并没有本质上的差别。很多东西，期待得太久，它的美好程度则会大大打个折扣，哈根达斯如此，婚姻也如此，所以，持续太久的爱情往往不能通往婚姻。

据说冰淇淋能使人有幸福感，也许是对的。

至少，钟维维并没有落泪。

错过，一生

1

莫小北讨厌长沙的夏天。

六月的长沙俨然一个巨大的蒸笼。莫小北的白衬衫后背，濡湿了一块。

这样热的天气莫小北是不想出门的，可是女朋友海怡坚持要去春天百货买一种叫作曼秀雷敦的防晒霜。海怡摊出一双手给莫小北看，娇滴滴地说："你看嘛，昨天下午去湘江边散步，手上的皮都晒掉了。"

只要海怡一撒娇莫小北就没辙，美女，而且是精致的上海美女，宠一点儿是没错的，学校里多少男生忌妒他啊。

等公交的时候莫小北就有点后悔了。周末的公交车站旁，等车的学生多如过江之鲫。莫小北护着海怡往上挤的时候，一个女生箭一样冲过来，硬是在人群中杀出一条血路挤了上去，那架势，活像小老虎上山。等到莫小北他们挤上车的时候，那女生已得意洋洋地坐下，那是个瘦弱的貌不惊人的女孩。

车上人太多，莫小北站在海怡旁边，用手臂为她圈了一个小空间。海怡嘴里还嚷嚷着早知道这么挤打的就好了。那个抢到座位的女生看了海怡一眼，眼神里的意味有点羡慕又有点鄙夷。

车到新一佳时，上来一个老婆婆，那个女生嗖地从座位上跳起来，她让座的速度和挤上车的速度一样快。这一次，是莫小北看了她一眼，发现她脸蛋上有几点雀斑，俏皮可爱。

2

考试就像紧箍咒。

快到期末的时候，自习室里黑压压一片人。

莫小北正对着一本微积分书发呆时，有人推他的手："帅哥，让让。"嗓音清脆得像玻璃破裂的声音。

莫小北抬头一看，居然是在公交上偶遇的那个雀斑女生，她正从他旁边的课桌上拿走一个空的矿泉水瓶。

联想起让座的那一幕，他忍不住夸奖她："你可真热心。"

雀斑女生不解地看向他，嘴巴张成了 O 形。

莫小北挠挠头，说这些瓶子会有清洁工来收拾的。

雀斑女生嗤地一声笑了，笑声又响又脆，露出两颗小虎牙。她笑着说："帅哥，既然我做了好事，不如请我吃个饭吧。"

莫小北爽快地点了点头。

走出自习室后，他才注意到她手里拎着个大塑料袋，里面装满了矿泉水瓶。

"帅哥，这叫勤工俭学，懂吗？"雀斑女生拍拍他的肩。

莫小北被拍得一愣一愣的，她看起来瘦弱，力气可真不小。

这时候，海怡打电话来说中午要一起吃饭。可怜的莫小北，一手托一个饭盒，一番手忙脚乱，放下来准备再去打一份时，雀斑女生一把抢过他手中的饭卡，噌噌噌自己去打了饭来。

"哇，红烧猪蹄这么腻，你吃得下吗？"海怡夸张地惊叫。

"我能吃下一头牛。"雀斑女孩笑嘻嘻地打招呼，"美女帅哥好，我叫乔麦，乔麦的乔，乔麦的麦。"

绕口令一样的自我介绍把莫小北和海怡都给逗乐了。

乔麦，生机勃勃得就像田野里茁壮成长的小麦。当海怡还在对付那几根青菜二两米饭时，她已经成功地消灭掉了一份红烧猪蹄加一份农家小炒肉。

看着她风卷残云的样子，莫小北突然有种想把饭盒中的宫保鸡丁夹给她的冲动。

3

乔麦突然无所不在了。

暑假留校准备毕业论文的莫小北总能看见她。

在自习室看书时，她冷不丁地就冒了出来，拍拍他的肩说："帅哥帮忙捡下靠角落那个矿泉水瓶。"莫小北每次都乖乖地照办。最离谱的是，有一次宿舍的哥们喝光了一箱啤酒，莫小北立马将啤酒罐收集起来，第二天屁颠屁颠跑去送给乔麦。

莫小北去定王台买参考资料，又看见乔麦举着个"家教"的牌子站在那里。红红的太阳挂在天上，被晒得脸红红的乔麦满脸油汗。莫小北心想：看来，她肯定没有用曼秀雷敦防晒霜，脸上那几点小雀斑，说不定就是这样晒出来的。

莫小北跑去买了支和路雪给她。看乔麦伸出舌头舔着冰淇淋，莫小北觉得有点儿小性感。莫小北在阳光下站了会儿，整个人都快晒化了，转头看看她，仍是一脸阳光般的微笑。她，真爱笑。

买资料的时候，莫小北破天荒地买了盗版的，心想反正看完就扔，省下的这点儿钱人家乔麦得捡多少个矿泉水瓶啊。

七月流火。长沙最繁华的步行街上，乔麦牛皮糖似的粘住一对对来往的情侣，一迭声地问："先生小姐，你们这么般配，不如进去拍套婚纱照吧？"

莫小北远远看着，看着看着心就酸了。

4

当莫小北又在折腾着收拾啤酒罐时，宿舍的男生都取笑他："你不是爱上了那小黑丫头了吧？哥们儿，你可真是口味儿重啊。"

小黑丫头？想一想，乔麦的皮肤确实有点儿黑，不过莫小北认为那是健康的小麦色。

"没有的事儿，我有海怡啊。"他微笑着辩解。

娇滴滴、貌美如花的海怡，和他这种家境良好、性格温厚的青年才是最登对的吧。乔麦是不一样的，她坚强，倔强，硬朗得近乎凌厉。他和她生活的土壤太不相同了，也正因为差异大，或许才相互吸引吧。

正想着，手机响了。

是乔麦的短信：我明天生日，准备好礼物哦。

第二天，他去了乔麦所说的交友宅火锅城。火锅城坐落在知名的堕落街上，生意好得要命。

他以为会有一桌人，结果却只有他们两个。乔麦点了最辣的片片鱼火锅，吃得热火朝天。

莫小北满头大汗。平日他和海怡吃饭，都是清静的小馆子。火锅城这个地方，热得要死，吵得翻天，更要命的是，他根本吃不得辣。强忍着吃了根火锅里的豆芽，就辣得呛出了眼泪。

"你是长沙人吧？"他问。

周围太吵。乔麦抬起头来，一脸茫然，没有听清莫小北的问题。

“你是长沙人吧？”他加大音量。

这次乔麦听清楚了，笑着回答：“也算是吧，长沙郊区的贫农子弟。”

莫小北有点失望。在长沙读了三年书，还是觉得这座城市太嘈杂、太热闹张扬。他对这个城市喜欢不起来。乔麦这样的女子，身上刻着“长沙制造”的烙印，让他望而却步。

莫小北送给乔麦的生日礼物是一支曼秀雷敦的防晒霜，他带点羞赧说：“长沙的太阳太毒，搽点防晒霜，脸上就不会长斑了。”

“什么？”乔麦问。

“你脸上的雀斑挺可爱的。”这一次，莫小北的音量足够大，一屋子的人都对他们俩行了注目礼。

乔麦羞答答地笑了。她，居然会害羞。

5

暑假过得真快，快得莫小北和乔麦之间那点小火花还来不及燃烧起来，海怡就返校了。

和海怡在校园一起散步时，他们经常碰见乔麦。毕竟，这么点大个校园，想不碰见一个人都难。

乔麦不再一见面就拍他的肩，而是自然地打招呼：“嗨，帅哥美女好！”他们也回说“好啊好啊”。如此疏远客套。

秋天很快到了。爱晚亭的枫叶，红得眩人眼目。

莫小北一直念叨着要去摘枫叶。海怡讽刺他：“都什么年代了，还想玩红叶寄情的游戏啊。”后来枫叶都快落光了，他们才终于决定去爬岳麓山。

海怡说秋老虎最晒人，容易晒出斑来，非得一层层往脸上脖子上抹防晒霜。

莫小北不知怎么搞的，突然冒出句：“其实脸上有点小雀斑的女孩子也挺可爱。”

“那你去找乔麦啊。”海怡笑回。

莫小北分明从她的笑声里听出了不屑。其貌不扬的乔麦，在海怡心中根本构不成情敌的威胁吧。这样的笑声，真有点儿刺耳。

说乔麦就真的碰到了乔麦。在半山湖边，海怡撒着娇让莫小北背她上山。纠缠间与下山的乔麦打了个照面。

明明是走过千遍百遍的平坦大路，乔麦竟一下子扭了脚。

莫小北抛下海怡，连忙过去扶她。

乔麦推开他的手，说声“谢谢”，站起来自己走了。

莫小北看着她一拐一拐的背影，微微心疼。海怡叫他：“小北小北，过来背我嘛。”

他顺从地走了过去。

下山的路上，踽踽独行的乔麦呜呜呜哭了起来，她是多么希望莫小北能够追上来啊。

满山的枫叶在风中哗啦啦响，像在和这个伤心的女孩子一同哭泣。

6

学校冬运会的操场上，男生女生们欢聚一堂，大声为各自系里的运动健儿喝彩。

乔麦照例提着个大塑料袋，满操场转着捡同学们无意中留在地上的空矿泉水瓶。

人群中的莫小北看见了她，抢过同学手中的矿泉水瓶一口气倒掉，然后不顾人家的叫骂，兴高采烈地拿着个空矿泉水瓶跑向了乔麦。

“谢谢你啊。”平时总是一脸微笑的乔麦显得冷淡。

莫小北没想到自己一片好心人家压根儿没当一回事，脸上的表情瞬间就有点僵，说声“不客气”就转身走了。

才走出没几步。乔麦又脆又亮的声音在背后大声响起：“莫小北，我喜欢你！”

莫小北不敢相信自己的耳朵。

有女生在数千同学面前向他示爱，真是眩晕啊，幸福而兴奋的眩晕。

好事的同学们鼓起了掌，在排山倒海的掌声中，莫小北和乔麦，顺势就拥抱了那么一下下。

高调的结果是刺激了莫小北的现任女友海怡，在莫小北吞吞吐吐提出想分手时，这个骄傲的美女便倒在他怀里哭得一塌糊涂，哭够了闹够了，眼睛肿得像桃儿似的她发了狠话说："莫小北，你要敢不要我，我就去跳湘江。"

美女就算说狠话，也是有几分撒娇的意味的。

这一次，莫小北又认输了。毕竟，他们相爱更长，而他认识乔麦，不过半年而已。何况，海怡这么脆弱，这么需要他，乔麦却那么坚强，没有他，也会活得像田野里的小麦那样生机勃勃。

7

转眼，长沙的春天来了，校园中的几棵泡桐树，在春风的拨弄下绽放出一树粉紫色的繁花。空气中满是爱情的味道。

莫小北和海怡行走在泡桐树下时，遇见了乔麦，还有乔麦的男朋友，一个和她一样有着健康小麦色肌肤的男生。

乔麦和从前一样大方地说："嗨，帅哥美女好，这是我的男友刘林。”

那个男孩也笑着问好，他笑起来也有两颗可爱的小虎牙。

海怡说：“他们挺般配的。”

莫小北怔怔地说：“我们分手好不好？“

这次海怡还是哭，不过没有发狠话说要跳湘江了。

莫小北狠狠心掉头离开。

刚刚见到乔麦的时候，他才知道，这个总是笑的雀斑女生，早已长成了他心底的一棵树。就像在这个春天，他发现自己早已爱上了生活了四年的这个城市。

可是春天再美，不能牵着爱的人的手一起看花开花落了。

他终究要错过长沙万紫千红的春天了。

只是他不知道，在莫小北和乔麦的故事里，乔麦一点都不坚强，就在他和海怡重归于好的那一天，她曾经站在湘江边，流了一宿的泪。是那个叫刘林的男生陪了她一夜。

有些人错啊错的，错过一个瞬间，就错过了整个春天，甚至一生。

灰姑娘们

1

2008 年在林菁生命中是特殊的一年。

全球经济在萎缩，偏偏她升了职，薪水涨了三成。在这个城市寸金寸土的黄金地段，居然有了一间小小的办公室，一间单独属于自己的办公室。沙发是秦立伟亲自为她挑选的，黑色真皮，最妙的是像一只大手掌，摊开就是一张平稳的躺椅，让人深陷于柔软之中，一下子爱上躺在手掌心的感觉。对着电脑看久了，可以站在十九层楼的窗户前，将城市中的繁华和奔忙尽收眼底。

林菁喜欢在做完公事后伫立于窗前，捧一杯咖啡，静静地望着楼下的车水马龙。手煮的咖啡香浓可口，南国的秋天宛如暮春，插在窗台水杯中的姜花芳香袭人，此情此景，林菁仿佛能够嗅到幸福的味道。是的，只是仿佛而已，总还差一点点，仿佛很重要的一点点。

当秦立伟握着她的手向她求婚时，林菁欢喜得掉下了眼泪。幸福就像空气中浓烈的姜花香，瞬息扑面而来，来得如此圆满。

进入这个公司四年以来，林菁一直只是秦立伟隐蔽的恋人，抛不得头露不得面。公司明文规定男女职工不得恋爱，身为副总的秦立伟更得为人典范，何况两个人都勤奋上进，视事业如生命，谈恋爱低调得像当年的地下党员碰头。

如今，秦立伟终于可以独立门户，离开公司开辟一番新事业。他们的爱情也“守得云开见月明”，林菁恨不得立即将自己的幸福昭告天下。

九月的头一天，秋日静好，阳光暖如碎金。林菁趁午休时拿出一大堆请柬，开始往请柬上填亲朋的名字。拍了婚照，订了酒店，只等在澳大利亚出差的秦立伟返回举行婚礼，他们的幸福就尘埃落定了。

办公室电话急急响起。来电人是与秦立伟同去澳大利亚的同事。

“林菁，秦立伟发生了车祸，送往医院的时候已经不治身亡。”

这样的噩耗在他平静的叙说中甚至有点儿不真实。

林菁的耳际隆隆作响，没拿电话的左手慌乱中一扫，大红描金的结婚请柬忽地飘落了一地。请柬上他和她的名字并排立在一起，那样亲密。

她不敢相信，她永远失去了他，那个生命中最最亲密的人。

2

秦立伟对于林菁的意义，远不止于普通的恋人，他于她，是益友，是良师，更是伯乐。

四年前，刚进公司的林菁只是业务部的一个普通小职员，穿套裙的时候偶尔丝袜上会有条缝，纵使青春逼人，离优雅美丽的办公室 OL 形象却仍有一段距离。四年后的林菁，是公司有史以来最年轻的策划总监，梳个斜斜的堕马髻，穿宝姿香奈儿，裙子上一般不配胸花，却不落俗套地插一朵白色鲜花，有时是栀子，有时是茉莉香珠，职场丽人的干练与柔媚俱备。

同事们都说："林菁，越来越漂亮，越来越能干了，看来公司真养人。"

林菁暗自窃笑。他们看到的是她的美丽蜕变，看不到的是秦立伟在她身上下的功夫。

想当年，挤进这个公司，纵使只是最底层的一个业务员，林菁已是庆幸万分了，毕竟她出身贫寒，在这个繁华城市中有份能够谋生的工作就已满足。和任何刚进职场的新人一样，她挣扎于生存的重压之下，得不到一丝喘息的机会。

林菁是在初进公司后的一个 party 上结识秦立伟的。那时，她手忙脚乱地应付着一个客户，一不留神将手中的鸡尾酒倾了客户一身，陪了半天的不是，脸都笑僵了。她记得很清楚，阴暗的露台一角，她躲在那偷偷哭泣。突然她听见一个低沉有力的声音："在外面工作，哭的时候要躲起来，不要让人看见了。"同时一只手递过来一方真丝手帕。

她惊愕地抬头，看见眼前站着的人是公司里人人生畏的秦总。她清楚地记得，当时，一惯威严的秦总眼中居然饱含着疼爱。她诚惶诚恐地推掉他递来的手帕，他却轻轻叹口气，居然亲自替她拭去了泪水。

这便是开端吧。每个职场中的灰姑娘都盼望遇到自己的白马王子，左手执权杖，右手抱玫瑰，带着她飞跃出生活的泥沼。

秦立伟算得上是个标准的白马王子了，年纪还不到四十已是公司副总，且难能可贵地面容俊朗身形挺拔。知道他曾离过一次婚后，林菁也只是稍稍地有点儿遗憾，很快这点儿遗憾在秦立伟的无微不至下也烟消云散了。

3

“菁菁，哭的时候要躲起来，不要让人看见了。”

教她这样做的人已不在了，这句话却仍然萦绕在耳边。秦立伟是伟大的琢玉师，林菁这块玉的身上处处有他留下的痕迹。

得知他车祸的消息后，她以为自己会痛哭失声，事实上她只是冷静地说声“知道了”，便挂断了电话。

她给自己煮了一杯咖啡。把正宗的南美产的咖啡豆磨成粉，放入虹吸壶中，将水烧到90度左右，她记得他说过水不能烧沸了，水烧到100度咖啡就会有种焦煳味。

他是个好老师，她则是个好学生。他教她的事，她永远都记得。

是他教会她怎样做一个优雅的女人。

“菁菁，浅灰色的裙子最衬你的气质。”

“菁菁，茉莉香珠是君子香，和你最配。”

“菁菁，你要多笑，你微笑的样子最动人。”

也是他，一手造就了这个公司最年轻的主管。

他从林菁的博客中看到了她的灵气和才华，着手把她调到了策划部。换了一个岗位的林菁，如鱼得水，很快脱颖而出。

谁都不知道，第一个使她在业内博出头的策划方案，几乎是她和秦立伟共同努力的结晶。他也是做策划出身的。

公司的人一直不知道他们的关系，却总有人提起他和她的相似之处。

同样的出身贫寒，同样的才华横溢，同样的低调内敛。除却性别的不同，她几乎就是他的另一个翻版。

喝完咖啡，林菁让自己深陷在手掌沙发的掌心之中。恍惚中似乎感觉秦立伟温柔地覆盖下来，眼睛里装满了宠溺。天大地大，他的影子竟无处不在。

“叮铃铃”。

电话又响起。

还是那个在澳大利亚的同事。他说：“林菁，从秦立伟的遗物中找到一枚戒指，上面刻着你的名字。”

手中的话筒无力地落下。

那一刹那，她听见了自己撕心裂肺的哭声，在空气中回响。

4

戒指装在丝绒面的小盒子中，闪着蓝莹莹的光。

盒子已有点儿破裂，是在车祸中撞击的结果。

曾几何时，她曾向他提起，如果结婚，她想要一枚蓝宝石戒指，配一袭粉蓝色的婚纱，那样才不落俗套。

原来他还记得。

细细的指环上，“菁菁”两个字赫然在目。

林菁又一次在同事面前落了泪。

同事以为她会将戒指戴上，可是她只是珍而重之地放进了口袋中。

秦立伟说过：“职场女子，最忌讳的就是脆弱和冲动。”进化到今天的林菁，深深明白“逝者已矣”的道理。

这枚戒指将会陪伴她终生，或许有一天当她老了，她会将压在箱底的戒指拿出来，静静地追想，曾经有一个人，那样地深爱过她。

可绝不是现在。虽还未登记，戒指戴上手一招摇，谁都会当她是秦立伟的未亡人。

这个时候，她需要的是一个人的哀伤，而不是喧哗的悲痛。

追悼会办得很简单，秦立伟的双亲早逝，到场的多是公司同事。林菁和所有人一样，穿深色衣服，襟上别一朵小白花，表面上看来，连哀伤都是不动声色的。只有她自己知道，她的心，已经空了一个大洞，血肉模糊地敞开着，没有什么可以填充。

人们正肃立默哀时，一个黑衣女子突然奔进来，扑倒在秦立伟的遗像前哀哀痛哭。

这个女子看上去三十来岁，尽管一双眼睛哭得红肿，也难掩面容的清丽。

她，想必就是秦立伟离异多年的前妻吧？他们一定有过刻骨铭心的爱情，所以纵使最后分离了，她还是禁不住为他的死痛哭。

这一刻，她想起的，只有他的好吧？

如果是在秦立伟生前，林菁和他的前妻照面的话，必定会有微妙的敌意。而此刻，看着这个哭得失态的女子，林菁突然觉得全世界只有她同她在一起痛哭，为她们共同的爱人。

她走上前去，扶住黑衣女子颤抖的臂膀，轻轻地叫了一声“姐姐”。

5

咖啡馆中。两个女人相对而泣。再没有那一双温柔的手，适时地递上一块真丝手帕。

“他一定很爱你。”

这是黑衣女子的开场白。

顿了顿，她又加上一句：“就像他曾经很爱我一样。”

她掏出一盒烟，拿出一支放进嘴里，面部痉挛着，手颤抖得厉害，点了几次火都没点着。

林菁拿出火机替她点了火。

她点头说“谢谢”，猛力地吸了几口烟，情绪才渐渐平静下来。

“要不要来一支？”

“好。”

烟的牌子是“茶花”。林菁只抽这个牌子的烟。像煮咖啡一样，抽烟也是秦立伟教她的。他说，抽烟的女子有一种媚惑的风情。他给她买来“茶花”，从此她爱极了这种烟盒上印着“与君初相识，似是故人来”的烟。

而面前这个叫何蕴蓝的女子，竟然也抽“茶花”。

也是他教她的吧。或许，他还教过她磨咖啡豆，穿哪个牌子的衣服，用哪种颜色的唇彩，在什么场合说什么话。

果然，何蕴蓝说：“我很感谢立伟，没有他，就没有今天的我。”

她说：“我刚刚大专毕业的时候，还只是个什么都不懂的小姑娘，在他朋友的一个公司里做文员。后来遇见了立伟，我这个灰姑娘，在他的调教下，居然摇身一变，差点儿成了白雪公主。”

何蕴蓝吐个精巧的烟圈，脸上展现出一个无比苍凉的笑容。

“妹妹。”

“能够遇见他，也算是我们一生的福份了。”

她卖力地笑，直到笑得落泪。

“原本或许我会一辈子这么幸福下去，可是他遇见了你。”

她的声音渐渐哽咽。

“你们不是早就离婚了吗？”

林菁大惑不解地问。

“去澳大利亚之前，我们刚办离婚手续。难道你不知道他一直是个有妇之夫吗？”

何蕴蓝同样愕然。

“你是她第几个妻子？”

“在我之前，听说他离过一次婚。”

此时，林菁手中的烟燃到了尽头，她的手，被狠狠地烫了一下。

6

听完何蕴蓝的诉说，林菁心情复杂地走出了咖啡馆。

首先是惊讶，然后是一点点的失望和愤怒，再然后是恍然大悟。

原来多年来，他从不带她见亲朋，将恋情处理得如此低调，深层的原因并不是公司不成文的规定，而是他已为人夫的身份。

不过林菁终究释然了，秦立伟已经不在了，就算他骗过她又怎样？无非是出于爱她的目的，毕竟在他猝然离世前，他已经用行动圆了这个谎言，这才是最重要的。

退一步说，就算当时她知道他“使君有妇”，就一定会泾渭分明地划清他和她之间的界限吗？只怕也未必。

每个人都有不能向恋人开诚布公的秘密，林菁也有。

连秦立伟都不知道，林菁和他交往时其实早已有了一个男友。她是在再三权衡下才选择他的。

那个男孩子是和她一起进公司的，同样的处境，共同话题就多，自然而然地走到了一起。林菁的初衷，是和那个男孩相互提携、相互照顾，但是结果让她很失望。

但凡刚入职场的年轻人，重心都放在自己的工作上，“利”字当头，自顾尚且不暇，更不用说拉她一把了。

这个时候秦立伟适时地出现了，浑身散发着中年人难挡的魅力。很多人对年轻女子迷恋中年男人难以理解，按照林菁的切身体会，除开经济能力和社会地位不说，中年男人比年轻男人从容、舒缓，能为自己的发展指明方向，而且事事均把恋人的需求摆在第一位，哪像年轻小伙子那样蝇营狗苟唯利是图。

事实证明林菁的选择是英明的。

几年后，正是那个男孩和她一起竞争策划总监的位置。那时，口口声声说“旧情难忘”的他乌眼鸡似的，丝毫不顾惜往日恋人。关键时候，还是秦立伟暗中帮了她的大忙。谁爱她多一点儿，谁更适合她一目了然。

7

林菁保留的秦立伟的遗物，除了那枚刻着她名字的蓝宝石戒指，还有一台他曾用过的笔记本电脑。

和同事一起收拾秦立伟的东西时，无意中发现这台电脑中存有一个以“林菁”命名的文档，她便把电脑留在了手上。

她一直不敢去看那个文档，怕触痛尘封的记忆。

或许这个文档中有她从不知道的隐情吧。

就像他和何蕴蓝之间的纠结，也是她所不知道的。

点开文档，原来是秦立伟写的一系列日志。

在最早的一篇日志中，他写道：“初次注意到菁菁，是在公司的聚会上，她不小心触犯了一个客户，忙不迭地道歉，眼神却是倔强的。看见她在黑暗的露台上哭泣，我好像看到年轻时候的自己，一样的卑微，一样的无助。从那一刻起，我决定爱护她，帮助她，尽管我已经有了蕴蓝……”

他记得，他记得比她还清楚。

相恋以来的点点滴滴，都在他的日志中重现。

第一次以公差的名义带她到欧洲旅游，让她知道这个世上还别有洞天。第一次相伴偷偷在僻静的海湾裸泳，他说她的皮肤亮得像银白色的缎子。第一次帮助她升职成功，他在她的眼中看到了自信……

林菁的眼泪肆无忌惮地流了下来。

她从来都知道他爱她，却还是没有想到他居然爱她如此之深。

日志数量并不太多，尽管她放慢速度一个字一个字地看着，也很快就到了最后一篇。

“菁菁，我决定娶你为我的妻子。虽然我曾结过三次婚，有过蕴蓝、小可、彦华、容容这几个女子，我仍然可以肯定，你就是我的最爱。”

三次婚？四个女子？

虽是南国温煦的初秋凌晨，林菁身上的汗毛还是根根竖立了起来。她用力地做了几次深呼吸，才能支持自己继续看下去。

“没有人比你更像我。在我像你这么大的时候，我是多么渴望，有一个人，能够如我爱你一般爱我，指引我，帮助我，让我不至于碰撞得头破血流。在我有了能力之后，我总会尽我所能去帮助我的爱人，直到她们一个个强大起来，我才放得下心来。”

“菁菁，你是做得最好的，比当年的我还做得好。原谅我对你的欺骗，你什么都不必知道，你只要知道我爱你就已足够。”

真相。这就是真相。原来她一心仰慕的白马王子也有灰姑娘情结，将她们拯救出水深火热的生活是他的毕生宏愿。

东方已有红日升起，这座城市很快将开始崭新的一天。

林菁轻轻地点击了一下删除，秦立伟的自白随黑暗一起消失了。

提醒起床时间的闹钟响起。

脱下睡衣。换套裙。洗脸。搽粉。涂遮瑕霜。

“他一定很爱我吧。就像爱其他任何一个灰姑娘一样。”

“我们都是有福气的女子。”

林菁手中的眉笔刀一样划过眉梢，一下，又一下。

吻错青蛙的公主

去参加同学会之前，徐寒池犹豫了很久。

有人说过，同学会就是一场纯粹的虚荣会，一大帮子身光颈靓的男女借着叙旧的名义聚在一起，女的比身材比衣饰比老公，男的则比地位比身家比情人质量。

像徐寒池这种刚被陈世美男友蹬了的大龄剩女，恨不得被全世界遗忘才好，哪里愿意冒这个险去抛头露面接受众人廉价的怜悯？可还是架不过老同学们的轮番电话轰炸，只得快快出席。

原本寒池以为自己可以强作欢颜熬过这次同学会的，但当她看到罗亭穿过人群向她走来，脸上挂着那种不怀好意的笑容时，她就知道这回是在劫难逃了。

谁说岁月是公平的？八年过去了，听说罗亭都结了婚又离了婚，却仍保持着迷死人不偿命的大众情人扮相，只是脸上的纹路稍微多了点儿。而她寒池呢？早提前进入了欧巴桑（日语：大妈）的行列。

“你的衣服是定做的吧？”罗亨犀利的目光像探照灯一样在她身上来来回回扫射。

“不是啊。”寒池下意识地挺胸收腹，恨不能回到二八少女时的挺拔身姿。

“现在市面上还有这么 out 的衣服卖？”罗亨嘴巴张成“O”形，脸上装出难以置信的神情。

“你找抽啊你！”寒池出手如电，毫不客气地对他报以老拳。

罗亨夸张地呼痛，表情却泄漏出对粉拳的无比消受，八年的时光迅速淡去，一番熟悉的打闹将他们拉回到大学时代，她仍然是他忠实的小跟班、好哥们儿。

罗亨感叹说：“时间真是不饶人啊，八年前，你站在班上的女生中，那叫一个鹤立鸡群啊。”

“八年后呢？”

“倒了个头儿，鸡立鹤群啰！”

寒池的脸一下子冷了，像挂了层霜。罗亨连说了几句“对不起”，她还是没反应。顺着她的目光看过去，原来同学会上多了一对光鲜亮丽的璧人，男的衣冠楚楚，女的貌美如花，不正是寒池相好六年的前男友赵卫国和他的新欢吗？

赵卫国倒是好风度，对着蔫茄子似的寒池一味嘘寒问暖，他说："你好像瘦了些。"寒池的眼眶就不争气地红了。

罗亭在一旁看不过眼，拉着寒池走了出去，临走时还不忘发挥他的好口才，瞅空对赵卫国的新女友说："知道什么是'只见新人笑，不听旧人哭'吗？眼前就是个好例子，过个三五年你可也变成旧人了哦。"

烟熏火燎的大排档天生适合女人上演苦情戏码，罗亭才喝了三瓶老金威，吃了二十串羊肉串，寒池面前用来拭泪的纸巾已堆成了一个小山丘，这都是她对赵卫国的仇怨。

"当初可是他追了我整整四年，我才上了他的贼船的，男人真没有一个好东西！"寒池说得声泪俱下，被归为"不是好东西"之流的罗亭听得胆颤心惊。

他和她摆事实，讲道理，可就是止不住寒池祥林嫂式的控诉："童话里不是说过了吗？睡美人等到了一个深爱她的人，结果就过上了幸福的生活，为什么我就这么倒霉呢？"寒池哭得梨花带雨，眼泪鼻涕抹了罗亭一身。

"别这样，要知道，睡美人在吻到王子之前，也会错吻不少青蛙的。"

"我以为青蛙最后会变成王子的，哪想到永远都没有那一天。"哭晕了头的寒池伸出一只手，轻轻抚摸着罗亭的脸，突然冒出一句，"早知道我就选你了。"

“选我？”

“前辈们不是都教导我们，宁愿选一个爱我的人，不要选择一个我爱的人吗？”寒池说着又绕回了原先那个话题，“他说过会一直爱我到老的，原来吻我的确实是一只货真价实的青蛙。”

话说得这样颠三倒四，罗亭还以为“我选你”三个字是一时的胡话，却不知寒池完全是发自肺腑的。

读大学时他们三个上演了好几年的“三人行”，直到后来赵卫国主动捅破了那层窗户纸，才结束了这种局面。其实罗亭才是寒池的首选，表面上像个假小子的她骨子里挺自卑，做哥们儿就变成了掩饰暗恋的最好烟雾弹。她满怀憧憬等着罗亭来向自己表白，等啊等的却等到了赵卫国。

在爱她的人和她爱的人之间，寒池最终选择了前者，理由很简单：她在赵卫国眼中是完美公主，罗亭却老是挑剔她，小至衣着发型，大至言谈举止。

事实证明前辈们的经验未必可靠，谁也没有想到，忠肝义胆的赵卫国抛弃了他的小公主，反而是挑剔成性的罗亭借了个肩膀让她哭泣。

罗亭那晚舍命陪君子，末了还将寒池送回她租住的房子。

那是一间不到十平米的小屋，凌乱不堪地堆着内衣啊、袜子啊。罗亭困惑道：“听说赵卫国去年买了个大房子，房子呢？”

寒池嘟囔着："他的房子关我啥事？"

罗亭再也忍不住，一把抓住寒池的肩膀呵斥："你看看你的日子糟到了什么地步？"

寒池兀自睁着一双迷离的泪眼发怔，罗亭将她拉到梳妆镜前，一条条历数她的罪状："你看看你自己，不到三十的女人，皮肤枯黄，眼角百纹丛生，打扮得像个欧巴桑，和男友分手了连个房子的边儿都捞不到。"

寒池惊愕地问："我真有这么糟糕？"

"简直是糟糕透顶！"

听了这话，寒池"哇"地一声又哭了："赵卫国从来不这样批评我。"

"呵，这就是你落到今天这种地步的真正原因了，和一个对你无所求的人在一起，你就会停滞不前，再也没有进步。"

罗亭撂下这句话，不顾哭哭啼啼的寒池，打开门就走了。

初春的风带着几丝凉意，从敞开的门中吹进来，寒池的心在这风中也微微地凉了。

罗亭的话还回荡在耳边，寒池整整想了一晚，这话就不那么刺耳，甚至还有几分道理了。和赵卫国在一起之后，她的生活质量的确是一路走低，人变胖了，衣着不讲究了，赵卫国都说："没关系，不管你变成什么样，你还是我心里最完美的小公主。"她原本是个争强好胜的主儿，在单位总想当先锋，赵卫国就劝她："工作还不就是一饭碗，别那么较劲，那是和自己过不去。”耳边风吹了几次，上进青年寒池也变成了混饭吃的主儿。

天刚蒙蒙亮，寒池就迫不及待地给罗亭打了个电话，说：“我想通了，我要振作。”

“想通了就好。”罗亭的声音里带着浓浓的困意。

“不过我需要你的帮忙。”

“帮什么忙？”警觉使罗亭声音中的睡意减了不少。

“别紧张，我只要你时不时给我的生活挑点刺儿就行。”

在罗亭的严格监督之下，寒池的生活开始了急剧转弯。

去西餐厅吃饭，寒池习惯饭后点个巧克力慕司之类的甜品，她才叫侍者，罗亭就出语相讽：“你再吃下去，到时恐怕我用两只手也抱不了你的腰啰。”

寒池嘴巴上不肯示弱：“哪天都轮不到你来抱。”却还是摆摆手叫侍者走开了。

寒池穿的每件衣服都入不了罗亭的法眼，这件样式老土，那件风格幼稚。说了几回之后，寒池只得咬咬牙出血本重新置装，特意叫上了罗亭做参谋。

她看上的是一款泡泡袖的粉红公主裙，罗亭撇撇嘴：“这件你穿倒蛮好的。”末了又加一句，“如果你再年轻十岁的话。”

这话可够毒，摆明了讥讽她未老先衰青春不再，寒池的脸都绿了。罗亭看看形势不对，连忙为她挑了件黑色高腰的韩版连衣裙作为赔罪。

可喜的是，穿了这件连衣裙去上班，办公室的人都夸她衣正人靓。和寒池坐对桌的老王开玩笑说："小徐呀，你多少年没让我眼前一亮了哦。"

不可否认，罗亭对她还是不错的，虽然这种不错距离赵卫国之前那种贴心贴肺的好还颇有距离。

她多吃了一碗饭，罗亭会告诉她今晚要多做30个仰卧起坐。

她有升职的机会，罗亭会督促她多多加班做个大好青年。

她去香港出差，罗亭会提醒她多给自己置办点儿上档次的行头。

小半年下来，几乎所有的人都感觉到了寒池脱胎换骨的变化，她渐渐找回了曾有的纤瘦手臂、不俗品味和出色表现。罗亭看她的眼光，也从充满挑剔转变成了时时闪耀着惊喜的小火花。

寒池三十岁生日那天，罗亭送了瓶"海蓝之谜"的面霜给她。

寒池早对这个一千多块一瓶的面霜觊觎已久，接过来时手都有点儿微微颤抖。

罗亭趁机向她表白："其实，上大学那时我对你就有好感了。"这家伙，老皮老脸的居然还知道脸红。

"如果我变老变胖了，你还会爱我吗？"寒池犯了女人爱假设的通病。

“我会督促你永远青春美丽的。”罗亭油嘴滑舌地说。

这个回答并不怎么使寒池满意。她想，换了赵卫国的话，肯定会毫不犹豫地说“yes”。和罗亭在一起混了这么久，她还是无法在他面前放松，每次去见他，连件衣服都要挑半天。

所以，寒池想了想说：“让我再考虑考虑。”

如果不是重遇了赵卫国和他的新女友，说不定寒池还会一直犹豫下去。

都是老同学，既然在午饭时分遇上了，难免会一起吃顿饭叙个旧。

那个小姑娘叫完了甜品又叫汽水，吃起牛扒来有如风卷残云，赵卫国怜爱的目光始终追随她左右，嘴里不停说着：“慢点儿吃，多吃点儿。”

寒池注意到，小姑娘的腰粗了两寸，脸上不再有化妆的痕迹，幸好青春逼人，还看得过眼。

吃饭时赵卫国好事地想帮寒池叫个巧克力慕司，罗亭当即说：“她早戒了甜品。”

寒池有点尴尬地点头称是。

赵卫国的新女友意味深长地“哦”了一声，那眼神分明传递着“你遇人不淑”的讯息。

寒池再没心思看他们二人的恩爱秀，拉了罗亭就走。

罗亭打趣她："是不是嫉妒了，看新人如此得宠？"

寒池微笑："是，我嫉妒人家年纪比我轻，腰比我还粗。"

"什么时候你也这么充满幽默感了？真不枉我的一番调教。"罗亭不三不四地说着，一只手不规矩地伸过来揽住了寒池的腰。

寒池竟任由他揽着，也不挣脱。

她终于明白了，罗亭或许永远不可能像赵卫国那样宠溺她，可是她宁愿选择爱他，因为她爱的是和他在一起的自己，他不会纵容她的食欲和懒惰，这样的话，她会一直毫不懈怠地美丽和出色下去。虽然累点儿，可又有什么不好的呢？

何如将驴换成马

2009 年的情人节是周六，杜锦心照常加班。

同事兼密友 Ada 笑她："你扮工作狂也不看个时机，现在这种市场，公司恨不得员工集体放长假才好。"

锦心不为所动，任凭 Ada 示威似地带着她的小男友一起去郊外看樱花，她依旧端坐办公室，对着电脑上的数据材料做功课。

春风已吹来了桃花香，这场金融寒冬却一点儿也没有解冻的气息，像她们这种依赖出口的外贸小公司，上至老板，下至茶水间大妈，无不冻得瑟瑟发抖，工资福利大大缩水。

私底下，Ada 意图煽动众同事以集体辞职为由，要挟老板加工资。

她叫锦心参加时，锦心吓得面如土色，反过来还劝她："别兴风作浪的好，一旦失败就逃不了被裁的噩运。"

“裁就裁，姑奶奶手头还有着几个 offer, 还怕找不到好工作？”Ada 说。

锦心吃了一惊：“原来你一直想跳槽啊？”

Ada 拍拍她的手背：“别傻了，现如今是打工时代，谁不是抱着骑驴找马的心呢？”

这话说得倒不全对，比如说她杜锦心，大专毕业后就在这家公司干，从初出茅庐的新扎小师妹熬成了职场白骨精，自问公司待她不薄，又没有过硬的文凭，不像 Ada 这样有名校文凭傍身，腰也粗了几分，动不动就叫嚣着要炒了老板。

一如既往地加班也有好处，至少不用回去对着张家明那张相看两厌的脸。

锦心和家明，就像周慧敏描述她和倪震一样的：“识于微时，一起共度过不能尽算的高低起落，早已磨合了一套我们之间的相处艺术。”所以，纵使家明沦为失业一族，她还得照样和他共演俗世间的《有情饮水饱》。

锦心回到租住的小屋已经是晚上十点，剩菜热在锅里，家明在电脑前奋战，看到她只闲闲地打了声招呼，没有玫瑰花，没有“surprise”，这就是她——27 岁的大龄女生杜锦心在情人节晚上得到的待遇。

失业后，家明分明忘掉了一切节日，反正忘记了就不需买礼物，不节省点儿何以度过失业后的寒冬？

即使卑微如锦心，何尝不想有个骑白马的王子带她脱离水深火热的生活，可这世上还是驴比较多，一不小心就变成了骑驴难下。

伴随着家明失业一起失去的，还有他曾有过的体贴和浪漫。

吃着乏味的剩菜，锦心忽然很难过地流下了两行清泪。

周一在公司楼下的茶餐厅吃饭时，锦心向 Ada 大吐一番苦水，从家明的小气健忘说到他的不求上进，直说得两眼汪汪，如果 Ada 再煽下风点下火，可能她连分手的心也有了。

谁料 Ada 反而劝她：“先守着这个驴男友，等来了个马王子，再一脚蹬了他！”

锦心愕然不已。

Ada 现身说法：“像我，男朋友比我小两岁，各方面条件也不是太满意，我早就给他打好预防针了，如果日久生情，他就有希望，如果我的真命天子突然出现，他就愿赌服输。”

这不是将“骑驴找马”的态度嫁接到感情上吗？锦心听得一愣一愣的。

正发着愣，腰间突然被 Ada 用力捅了捅，回过神来，只见面前坐了个玉树临风的西装男，一双水光潋滟的桃花眼正风含情水含笑地盯着自己，那叫一个销魂啊。

“先生，请问有事儿吗？”锦心不厚道地吞了口口水，感觉喉咙有点发紧。

“我是唐卓，你的高中同桌啊！”

真是大跌眼镜，在锦心残存的记忆中，和她有过半年同窗之谊的唐卓是个不起眼的黑小子，没想到男大也会十八变。

而且他还挺幽默：“认不出来了吧？也难怪，高中那会儿我还没长开呢。”

一聊起来，才知道唐卓刚跳到一家声名卓著的外贸公司里做HR，和锦心也算得上是同行。同学情谊加上共同话题，使得这次重逢变得格外欢畅。

到了上班的时间，两个人都还有点儿意犹未尽，连忙互相留下了联系方式。

电梯上行时，Ada 悄悄在锦心耳边说：“恭喜你呀，遇见了一匹好马。”

锦心面红耳赤：“说不定人家看上的是你呢。”

“什么呀，整顿饭下来马王子的眼光就没离开过你呢。”

或许女友间总是含有微妙的敌意，即使互相交好也希望自己对异性更具吸引力，纵使有驴可骑，对一匹好马谁没有一点儿觊觎之心呢？Ada 酸溜溜的一句话无形中为锦心原有的好心情加分不少。

很多时候，一段感情佳话都是通过重逢擦出火花的。锦心和唐卓看来也有这种趋势。

她渐渐减少了加班的时间，不是为了早点回家，而是为了和唐卓叙旧。

成年男女都知道，叙旧超过三次，就不止是同学情谊那么简单了。他们的约会地点，从喧闹的茶餐厅换到了幽静的西餐厅，再换到黑灯瞎火的电影院，这象征着他们感情发展的迅猛进程。

锦心开始和唐卓聊一些较私密的话题，比如说感情上的五年之痒，再比如说半死不活的工作。说到动情处，唐卓一把抓住了她的手，半真半假地说：“不如到我的公司来吧，我们一起奋斗。”

不可否认，“我们”两个字散发着浓浓的温情，诱惑力几乎不可抵挡，奈何锦心矜持惯了，借故抽出自己的手，讪讪地说：“让我再考虑一下。”

其实这也就是个表示矜持的惯性姿态而已，沉浸在眩晕感觉中的锦心只看得到唐卓柔情的眼神，看不到他霎时间暗下去的脸色。

像锦心这种一根筋到底的女孩子，一旦动了真心，条件反射之下，第一反应就是弃驴找马。

那天深夜回家，原本她是打算摊牌的，一走进家门，只见桌上摆着几样精致小菜，菜式都是她爱吃的。家明本来恹恹地窝在沙发上打盹儿，见她进来急忙张罗着要开红酒、热菜。

“什么日子啊？”锦心有点儿心虚。

“没什么，只不过我今天终于见工成功了，明天就开始上班。”家明变戏法似的拿出一枚钻戒，不由分说替她戴上，“这些日子，你跟我吃了不少苦，等有钱了，就给你换个五克拉的。”

好久没听过这样贴心贴肺的话了，锦心简直受宠若惊，原本明显倾斜向唐卓的感情天平又开始摇摆起来。一头是相濡以沫的驴男友，一头是神兵天降的马王子，哪边的分量都不轻，难以抉择的锦心在床上辗转了一夜。

她看到的是家明的改变，看不到的是，家明无意中看到了她和唐卓的聊天记录，一时间急痛攻心，化悲愤为力量。

每个人其实都是追求上进的，如果嫉妒能催人上进，那也没什么不好的。

一波未平一波又起。

锦心还在为感情上的事儿烦恼时，跳不跳槽又变成了箭在弦上的事。

都怪 Ada，硬是发动了公司十几名员工在集体辞职书上签了名，末了，还不忘将辞职书往锦心手中一塞，一副“你看着办”的臭德性。

“哎呀呀，你不是要闹得我们大家都丢饭碗吧？”锦心恨不得把这个烫手山芋扔出去。

“怕什么，大不了我们全部跳到博贸去，人家开出的薪水比这里丰厚了五成。”Ada 分明有恃无恐。

等等，博贸，这不是唐卓所在的公司吗？

锦心想起来了，上次唐卓在电影院中对她跳槽的许诺也是高出五成的薪水，以及广阔的发展空间，对了，他好像还说过如果她过去的话可以升任欧美业务部的经理。

“你在这边职位挺好的，过去哪有合适的职位呢？”锦心抑制住心中的波涛汹涌，尽量不动声色地问。

“唐卓说了，我过去就是欧美业务部的经理。”Ada 极为得意。

哪来这么多经理？锦心心中狐疑。

“你在想什么啊？限你一天之内做出答复。”Ada 不耐烦了。

锦心将辞职书塞回她手里：“我不去了，做生不如做熟。”

锦心还想劝劝 Ada，Ada 早气冲冲地走了。

如锦心所料，老板自然不会受一班小喽啰要挟，很利索地炒了闹事的人。

Ada 抱着文件箱往外走时，锦心追出去送了一程。然后她听见 Ada 说：“我打算和唐卓在一起了，你可别怪我，是你先不要他的哦。”

独自走回公司的锦心暗暗流了一身冷汗，唐卓这态度变得，称得上是翻云覆雨了，或许是因为她的犹豫推走了他，但幸好犹豫了这么一下，不然很可能最后的结果就是丢了驴子又走了马。

那天家明接她下班时买了束玫瑰，锦心一头扎进他怀里差点儿掉下泪来。

家明还以为她是因为多年来没收过花喜极而泣，却不知她根本是因为羞愧和后怕：这么好的男人，我差点儿把他当驴子给蹬了！

Ada 刚过去时着实风光了一阵，果然坐了欧美业务部经理这把交椅，发了丰厚薪水还半是炫耀半是感激地请锦心去吃饭唱 K。

言谈间她又想怂恿锦心跳槽：“既然你面前有一匹马，何必死守着一头驴子呢？”

锦心笑着推脱：“以我现在的实力，连驴都搞不定，更何况去驾驭一匹马？嗯，算了吧！我还是先学会了怎么骑驴再考虑马的事情吧！”

Ada 一帮人走后，向来勤勤恳恳的锦心很快成了当之无愧的骨干。

这家公司并不像人们想像中的那么脆弱，春暖花开时，订单一步步多起来，生意亦随之好转。

家明也渐渐显露出千里马的潜质，“越磨砺、越光芒”这句广告词放在他身上特别贴切，初出校园的棱角慢慢被打磨平，成熟男人的淡定和从容开始成形。

老实说，锦心已不止一次暗示过想结婚，家明总是说：“再等等，等我事业小成了再说。”

锦心明白，这句话之下的潜台词是：“我还想再等等看，说不定你还不是我的真命天女呢。”

或许恋爱中的男女都难免有“骑驴找马”的心，锦心并不介意自己暂时被看成一头驴子，她相信，不久的某一天，坐在感情跷跷板高端的人也许又换了她锦心。

这世上哪有那么多对等的爱，还不就像林黛玉说的那样：“不是东风压了西风，就是西风压了东风。”

不久，Ada的遭遇为她敲响了一记警钟。

博贸许诺的高薪维持不到三个月就变成了欠薪，原来所谓的高薪挖人只是恶性竞争的手段。更可恨的是，唐卓居然对她说：“如果，日久生情，我们就有未来；如果，我没能爱上你，当我爱的人出现……”

听着电话那端Ada的哭诉，锦心倒吸了一口凉气。她想，再也不能掉以轻心下去了，这世界变化太快，让人分辨不清谁是驴子谁是马，很多时候，所看到的那所谓的马，只不过是一种假象。所以还是好好善待自己胯下的那头驴吧，说不定有一天他也能变成一匹千里马。

挂了电话后，锦心拨通了家明的手机，嘱咐他晚上早点儿回家吃饭。然后她盘算着买几样好菜，做个头发，抖擞起百般精神，来一次成功的逼婚。

毕竟，不管是驴是马，圈养的总比放养的可靠些。

第2章

不过一场相遇

我想陪你一起虚度时光

抵抗寂寞的人

一页厦门

想和你跳支舞

少年和偶像都已老去

◆ 我想陪你一起虚度时光

1

一个暖洋洋的秋日下午，邱景明陪女朋友苏慧去买粉饼。

秋慧是说最近皮肤状态不好，需要适当妆点。

柜台后的化妆品售货小姐一个个唇红齿白、浓妆艳抹，以美丽的包装来说明各类彩妆用品的实际功用，昭示着只要小姐太太们肯花钱，肯定会和她们一样艳光四射。

苏慧随手挑了一盒粉饼，说："我要这个。"

"你自己用？"

"是啊。"

"小姐，你皮肤那么好，不需要用粉，最多涂点儿淡淡的胭脂就行了。”

真是个特别的化妆小姐。邱景明不由得抬头看了她一眼。看起来，她和其他化妆小姐并没有什么不同，只是脸上的妆略淡些，笑容略亲切些罢了。

她为苏慧选了一款浅桃红的胭脂，脸颊上稍微抹了一点儿，果然就艳如桃花了。苏慧看到这样的自己，心花怒放，打算再多选一款名贵香水，谁让她有收集香水的癖好呢。化妆小姐又建议她，不如买未开封的小瓶试用装，这样划算些。

“样品也能卖吗？”

化妆小姐笑吟吟地摆出一列小瓶，各种品牌都有，晶莹剔透的瓶子透出幽幽香氛。苏慧喜欢得不得了，连挑了几瓶。

然后她抱怨：“我的嘴唇比较干。”

“不如试试这支蜜色唇膏。”

“黑眼圈烦死人。”

“新来的这款眼霜不错。”

……

于是，本来只预备买一盒粉饼的秋慧，结果粉饼没有买，可怜邱景明提了一手的瓶瓶罐罐。他老实不客气地盯着化妆小姐，问：“这些胶原蛋白、水精华、去皱素，真的有用吗？”

“即使天天抹的只是婴儿油，也是有用的，”化妆小姐谈吐机智，“最重要的是，可以给女性带来无限憧憬。”

苏慧称赞她："你真有心思。钟小姐。下次我还来找你。"

化妆小姐胸前挂着小小工号牌，上面写着"钟于归"。这真是个别致的名字。

送走两位贵客，隔壁的售货员笑说："于归，这里你来的时间最短，卖出的东西最多，可有什么秘诀？"

钟于归淡淡微笑，不作回答。秘诀无非是投其所好，对于顾客不需要的东西，她从不强行推销。

2

干化妆品推销这一行，见惯了身光颈靓的男男女女，化妆小姐们大多存了飞上枝头变凤凰的想法，每天讨论的话题无非是李少爷新买了辆跑车、张公子又换了个女友。只有钟于归，好像就只懂得卖化妆品，连个媚眼也吝惜，偏偏她的生意最好。

姐妹们都笑她心比天高，一心想钓个金龟婿。

"其实，我只要他重感情，懂得生活情趣就够了。"

"呵，说笑话，穷小子每天营营役役，削尖了脑袋往上钻，你要他多懂生活情趣？"

于归连忙识趣地住了嘴。会有那么一个人，懂得在繁忙的生活中抬起头来，静静欣赏头顶的星空吗？她也怀疑。

不久，邱景明只身前来购买最新款的香水。于归注意到他面罩乌云眉头紧锁，便细心地为他选了一种香水。“浓郁的五月玫瑰香，最适合哄女孩子开心了。”

“谢谢。”邱景明暗自称赞这善解人意的化妆小姐。

“那么，选小瓶的吧，我替你包起来。”

“不，要大瓶的。”邱景明知道苏慧最恨男友舍不得花钱，带着大瓶的香水匆匆离去。

一周后，他又出现在化妆品柜台，眉头锁得更深了，拧成了一个川字。这次，于归推荐的是略带柚子香味的Rykiel Woman，传说中能使情人回心转意。邱景明依旧要了大瓶的。

再下周，他带走了一款薰衣草香味的，然后是荔枝、青柑橘、鸢尾花……

在他前来购买第十二瓶香水时，于归终于忍不住说：“一个女孩子如果变了心，纵使送她一家香水工厂都未必会回心转意。”

“你只管做你的生意就行了。”三个月下来，邱景明瘦了不少，声音里透着疲惫的粗鲁。

“呵，那我替你包了大瓶的。”

“算了，小瓶的吧，不过是一种有香味的水，还不能喝，居然这么贵。”显然，邱景明并不是什么有钱的公子哥儿。

“先生，钻石也不能吃，可女人们都爱它，道理是一样的。”于归将香水递给他，很高兴他还懂得计较价钱，受伤不至于太深。

3

邱景明再来时，带来了十二瓶原封未动的香水。奇形怪状、姿态各异的瓶子摆满了整个柜台，十一个大瓶子搭配着一个小瓶子。

“我帮你办理退货手续。”于归一贯仁慈。

“不，全送给你吧。”邱景明的眼圈有点红，“她结婚了，就在昨天。”

于归原本以为这世上深情的男人已经绝种，没想到，眼前就有一位。

最后，于归只收下了那款小瓶香水。其它的按九折退了款。

邱景明拿着一大把红通通的钞票，笑着说：“不如我们找个地方把这些全都吃掉？”

那天，在大排档，邱景明就着羊肉串喝了不少酒，像个祥林嫂一样絮絮叨叨地埋怨：“我以为，只要一心爱她、待她好就够了，可是她竟然说我不思进取，工作了这么多年还是个小职员。小职员就不配谈爱情吗？”

喝得high了，他的头搁到于归的肩上，眼泪鼻涕抹了她一身，嘴里喃喃地说：“你知道吗？我们曾经很美好的。”说完，一个男人的泪水滔滔而下。

在众人尴尬的目光中，于归轻言细语地安抚这个因失恋而失态的男子，“会好起来的，每朵乌云都镶着银边”，如同一位温柔的母亲。或许每段爱情都是从真正的怜惜开始的吧，男人如此，女人也不外如是。

次日清晨，邱景明是在于归的小屋醒来的。冬日慵懒的阳光下，于归偎在沙发上，披一床薄薄毛毯，正在兴致盎然地把玩那瓶小小的香水。

“于归，如果早点认识你该多好。”

于归淡淡微笑：“红拂遇见李靖时，是杨素的丫环；杨玉环遇见唐明皇时，是他的儿媳。总之，只要是遇见了对的人，什么时候相逢都不算晚。”

“说话这么引经据典，不知道的还以为你是李清照再世呢。”邱景明终于恢复了往日的诙谐。

“说不定就是。”

于归一点儿不像个普通的化妆小姐，她的小屋里堆满了书，居然还有纪伯伦的诗集。

4

于归与邱景明的恋爱浮出水面，化妆品柜台的众姐妹都为她抱不平：“凭什么啊，捡别人不要的二手男，何况长得这么普通，他有房子吗？有车吗？”

“我不知道。”于归摇头微笑，她并不关心这些，重要的是，他令她快乐。爱情是最好的化妆品，谁都看得出来，于归最近容光焕发，由内至外散发着喜气洋洋的美。

在这个南方的海滨小城，生活节奏慢悠悠的像老火车，工作上吊儿郎当的邱景明有大把时间陪她，他有一脑子关于如何消遣时间的花样，爬山啦、泡温泉啦、烹调啦，有了他，于归波澜不惊的日子忽然变得活色生香起来。

天气晴好的周末，他们花五十元雇一辆人力三轮车，悠闲地趟过小城东南西北的每一个角落，抬起头来，天上有很低的云彩在流淌，路旁是开不败的紫荆花，风吹拂着他们的脸庞，微带着凉意。

一个夜晚，于归还在上班，邱景明跑进来，兴奋地说：“快点儿打烊吧，今天有百年难遇的奇观呢。”于归拗不过他，只得拜托一个姐妹帮忙照看柜台。

夜晚无人的山顶上，他们偎依在一起，静静等待着观赏“百年难遇的天文奇观”。八点，深蓝色的天幕上出现了一张奇异的笑脸，两颗熠熠生辉的星星簇拥着一弯高挂的明月，一颗是土黄色的，一颗是淡蓝色的，美得如梦似幻。

邱景明激动地拥吻于归。

下山时于归扭伤了脚，伏在邱景明的背上的于归问邱景明：“如果是苏慧，你会不会和她一起看双星伴月？”

“当然。”邱景明回答得不假思索。

于归气得大叫：“放我下来，我自己走。”

“我还没说完。”邱景明扭头吻了一下她的面颊，口气有点苍凉地接着说，“不过她肯定会骂我无聊，有这个工夫还不如好好工作，结果我又得买大瓶香水哄她开心。”顿了顿，他轻轻地说：“只有和你在一起，我才不是毫无用处。”

身后的于归久久没有吱声。

他紧张地问：“怎么了？”

“没什么。”有一滴温热的眼泪掉在了他的颈窝，然后，他听见她说：“这是我听过的最动人的情话。”

上帝总是公平的，片刻的快乐往往奢侈得像是偷来的一样，十全十美的幸福只是古老传说。于归还是相信，邱景明就是她的那杯茶，也许味道不够正统，但好在符合她的口味。

5

事情忽然急转直下。

一天，邱景明兴高采烈地打电话让于归去吃火锅："你快来，有天大的喜事要庆祝。"

于归便打扮得花红柳绿、兴高采烈地去了。

喧闹的火锅店，邱景明像个新进状元一样兴奋，原来他争取到了一个去国外进修的机会。

"哼，我早就知道我不是池中之物，苏慧当时真是看扁了我。"他嚷嚷着，双眼灼灼发光。这眼神，于归太熟悉了，无数踌躇满志的男人都是这种眼神。

或者，这才是他的常态，先前那个自在得闲云野鹤一样的邱景明，只是因为失恋、感情受伤，才表现出来非常态的一面。

于归看着眼前有点陌生的邱景明想，他多高兴啊，高兴得有点像那个春风得意马蹄疾的孟郊。

"恭喜你啊，也许你应该把这个消息告诉苏慧，我想她也会为你高兴。"于归说。

"可是你好像有点儿不太高兴。"兴奋过度的邱景明还算残留着几分察颜观色的理智，"如果你不愿意让我去，那我就留下来陪你，或者你和我一起去，女孩子有个体面的文凭以后就不用卖化妆品那么辛苦了。"

"不。"这个字一说出口，于归感到，不仅是自己，连邱景明也松了口气。聪明的人从不要情侣为自己牺牲，谁担当得起使人做出牺牲的罪名？

回去后，于归拨通了一个再熟悉不过的号码，她听见电话那端熟悉的男声说："假期过得可愉快？"

"还好。"

"玩够了就回来吧，我需要你。"

"好的。"她回答，声音无比温柔。

收拾行李的时候，她想了想，把那瓶小小的 Vera Wang 香水放在了箱底，它有个动听的名字，叫"梦想公主"，据说能够帮助女孩们实现梦想。

是的，钟于归的确不是一个普通的化妆小姐，在上海，她的身份是某房地产公司的策划师，货真价实的高级白领，有一个视工作如生命的金领男友。某一天，她借度假之机来到了这座南方小城，忽然对以往的一切心生倦意，于是留下来干起了儿时的理想职业：化妆小姐。

十岁的钟于归，曾在一篇题目为《理想》的作文中写道：我的理想，是做一名神奇的化妆小姐，因为她能帮助所有女人实现美丽的梦想。还有个不能公诸于众的理想她没写上去：她希望有一个浪漫多情的男生，带她上半夜的山顶看星星。

人们都希望，从平凡庸俗的生活中抽身而出，过上一段惬意的悠长假期， 可是你知道，再完美的假期也有落幕的时候。

三天后，上天入地也没有找到于归的邱景明带着满肚子疑惑飞去了大洋彼岸，从今以后，这世上少了一个深情浪漫的情种，多了一个拼命争上游的大好青年。

同时，亦少了一个谈吐机智与众不同的化妆小姐，多了一个知性优雅的办公室 OL。

他们都只不过是芸芸众生而已。和其他人并无不同。

◆ 抵抗寂寞的人

在遇到他之前，她几乎快绝望了，不仅仅是对爱情，还有生活。

她把精神生活看得比什么都重要，总想从凡庸的现实世界逃脱。

这是近乎千城一面的南方小城，有着能够想象得到的棕榈树、艳阳天和长长的海岸线，初到这里的人总是感叹这里环境漂亮，气候宜人。就像她刚来那会儿，还特意跑到脏乎乎的海滩上疯跑了一阵。

可是生活得久了，就会开始厌倦。

小城的一切都是一成不变的。她开始讨厌到了冬天也不会落叶的树木，讨厌一年四季开得兴高采烈的花儿，讨厌不管什么时候都穿着短袖趿拉着拖鞋的人们。在这里，看不到四季的流转，一年短似一天。

她讨厌这里的一成不变，是因为这“一成不变”中，折射出她自己的“一成不变”。

她做一份非常普通的工作。同事们都说她爱独来独往。对此她心里苦笑着自嘲，谁他妈的喜欢这样孤独地独来独往啊，还不是因为不想因为交往太多而失望？跟他们聊什么？聊油价又涨了孩子该上哪间幼儿园吗？久了她会疯掉。那么聊耶茨聊萨冈聊存在主义吧？换成他们会疯掉。

在他们看来，世界就是小城这么大块儿的地方，没有人想钻出去看看外面的世界。

后来，她遇见了他。

那时她刚过了二十八岁的生日。

这个年龄放在北京上海没什么，在这个小城却足够尴尬了。熟悉不熟悉的人都开始关心她的终身大事。在密不透风的关心里，她慢慢地也会接受一些人安排的相亲。

她和他，就是在相亲的饭局上认识的。

两男两女的饭局，她是正主儿，他是对方的陪同者。结果那顿饭，她和他相谈甚欢，相亲男主在一旁听得脸色发青。

陪她来的女伴频频向她使眼色，她也装作没看见，继续和他畅聊到底。毕竟在小城中第一次碰到既熟悉博尔赫斯也读过全套金庸、爱看侯麦也爱周星驰的人，怎能轻易放过。

他长得其实并不英俊，但胜在气质特别。任何有可能被艰深化的话题他都可以轻松调侃，言笑自若的样子让她想起梁朝伟饰演的流氓医生，看似流氓的外表下其实埋藏着一颗文艺的心。她从自己的角度看过去，竟发现他的侧面真有点像梁朝伟，只是眼神太过闪烁。

吃完饭后，相亲男不甘心地提议去唱 K。

K 歌房太过吵闹，他们不再交谈。同来的女孩子是个麦霸，抱着话筒唱个没完，唱的都是些流行的歌。他跑到电脑前，点了一首歌，然后把话筒塞到她手里说：“喏，你来唱唱这首。”

那首歌叫《还是会寂寞》，陈绮贞的歌，是她喜欢的歌手，小众得恰到好处。

她接过话筒，对着屏幕漫不经心地唱着，内心却暗自吃惊。在认识他之前，她觉得自己好孤独，现在才发现，那不是孤独，是寂寞。他让她看到了自己的寂寞。

那夜回到家已经很晚了，西天难得地挂着一轮半圆的月亮，幽幽地散发着青白色的光芒。她抱着双臂，在月光下伫立了一小会儿，感觉胸口热热的，仿佛有什么东西呼之欲出。她二十八岁了，还从来没有刻骨铭心地爱过一个人。

手机在包里滴滴响，不出所料，是他发来的微信。他说：“小陈挺靠谱的。”小陈是和她相亲的男人。

她说：“哦。”

他说：“我已经结婚了。”

她还是说：“哦。”

她想，这个人真是狡猾，先把情况挑明了，看她的反应。好比先点燃一盏油灯，看她会不会扑过去。

她生气地关掉了手机。

他倒是没有穷追不舍，甚至在那之后完全没有了一点消息。

然后过了一阵，突然有个人在QQ上冒出来向她问好。她一看是他，当即有点懊恼，她最恨人玩欲擒故纵的把戏。

他发来一行字：“你知道我最近干什么去了吗？”

她不作声。

他继续发过来一行字，是她在各个论坛晃悠时用的ID名。句末还附着一个调皮的笑脸。

他是怎么知道的？他总有办法会知道的。

她还是不作声，这个时候，沉默更像是一种鼓励，鼓励他继续往下说。

他说：“这些天我一想到你，就去网上搜你的名字，然后把能找到的你的文字都找来看，有的还看了不止一遍。”

顿了顿，他又说：“能写出这样的文字的人，应该拥有更好的生活。”

他发来一段她在论坛上写过的话，说：“光是凭这段文字，就足以让我爱上你。”

胸口又开始有热流在涌动。她的手在桌面上胡乱移动，慌乱中打翻了刚开封的牛奶。她抽出一张面巾纸急急去擦，不知怎么的，越擦越乱。

她不知道是怎么了，只觉得心中有股说不出的酸楚，酸楚中又隐隐夹着丝甜蜜的心悸，让她既想流泪又想大笑。

“你应该拥有更好的生活。”就是这句话击中了她吧。

一句动人的情话往往比任何东西都更致命。

更好的生活是什么？她不知道，只知道不应该是现在这样。世界如此之大，她却困守一隅。

那天加班到很晚，走出公司大楼时，她看见他倚在车边，正满脸微笑地看着她，手中烟的微光印在他脸上，明明灭灭，看上去有点恍惚。

和她一起加班的女同事惊呼：“呀，他开的车是名车啊。”

所有的车在她眼中都是一个样，只是那天晚上，他倚着的车在她看来简直就是神仙驾下的七彩祥云。她迎着他走过去，那种感觉就像漫步云端。

她终究还是做了那只飞蛾，不管不顾地扑了上去。

他开着车，专走僻静的小路，她也不问他去哪儿，只是坐在他身边，一颗心怦怦直跳。车子在无人的路上缓缓行驶，路两旁的榕树在空中交织成一处，月光透过枝叶撒下来，斑驳的光影在地上跳动。

她从来不知道，她呆了这么多年的小城还有如此美的地方。去哪里已经不再重要，重要的是在路上，他带着她。

中途她接了一个电话，她一只手拿着电话，另一只手搁在座位旁边，正在和电话里的人说着话时感觉没拿电话的那只手已经被轻轻握住。她挂了电话，他还是没有松开她的手，一径握着。

她偷偷瞧他一眼，只见他脸色如常，想想挣扎也是无益，便任由他握着。他和她其实都是腼腆的人，也许他们只适合这样不动声色地接近。

不知开了多久，车子驶进一所学校。门卫似乎和他很熟，他摇下车窗打了个招呼，门卫就让他把车开了进去。

他们下了车，并肩坐在操场边的台阶上，中间隔着一个人的距离。他指着操场对她说，少年时的他曾经在某个深夜独自跑了整整五圈。然后又指着教学楼，说那里是他学生时代最厌恶的地方之一。还有一棵凤凰树，他指着说树干上还刻着他的名字呢。他拉她过去辨认了半天，终于在一处找到两个名字，一个是他的，一个看来是某个女孩的名字，刻得歪歪扭扭的，但是可以想象，当初的他们是多么甜蜜真诚。

他看着她笑了，微微有点儿不好意思。就是这点不好意思，让她看到了潜伏在时光深处的那个少年。有一类人，不管多大年纪，身上总是潜伏着少年的青涩。他就是这样。

他说："每年六月的时候，满树的凤凰花全都绽放，繁花灼灼照眼明，衬着红墙碧瓦的校舍，那正是学校最美的时候，也是离别的时节。"

他说："我多想让你看到那有多美。"

他说："多可惜，我成长的时候没有你陪着。"

她说："我现在陪着你啊。"后面还有半句她咽下去了，她想说的是：我还可以一直陪着你，只要你愿意。

后来想想，情话最动人的部分往往是没说出口的那半句。

他显然是个好听众，听懂了她的言外之意，看着她的眼里盈盈都是笑意。

那晚他们在月光下聊到很晚，无非是喜欢的作家看过的电影这些两人都愿意聊的话题。他车上的广播一直开着，放着他钟爱的达明一派的歌。全盛期的达明一派歌声缥缈空灵，她最爱的是那首《半生缘》。后来偶尔想起他的脸，总是伴随着《半生缘》的音调一起浮现。

那天晚上聊了什么已经完全记不清了，那种喜悦至今还记忆犹新。胡兰成初遇张爱玲时，两个人守在小屋里彻夜长谈，"桐花万里路，连朝语不息"说的就是这种喜悦吧。

那些读过太多浪漫爱情故事的人，在没有恋爱之前，都已熟谙了恋爱的各种戏码。所谓恋爱，不过也就是找个机会将熟知戏码一一上演。

“悲莫悲兮生离别，乐莫乐兮新相知。”就像歌里面唱的那样：“开始总是分分钟都妙不可言，谁都以为热情都永不会减。”

刚刚和他在一起的那些日子，仿佛随着他的到来，天地随之一新。他身上的浪漫，没有酸腐之气，更多是一种几分玩世不恭的魅力。

他带她去看电影。不是去人头涌动的电影院，而是去一个朋友开的书吧。书吧的老板也是个传奇，五湖四海飘荡过后来小城定居，看着书吧这样只赔不赚的生意，他却过得惬意无比。

书吧实行的是会员制，每周二会员们聚集在一起，看看电影，或者随便瞎聊。听他说，这里放的电影有一半是他带过来的。书吧的放映设备并不好，有时放到一半，影带会突然卡住，三三两两的男女们也不急，该干嘛干嘛。有对恋人曾趁此空档在角落里热吻，她假装不看那边，脸涨得通红之际，他却偷偷在她颊上亲了一下。

她就是在这里看完《革命之路》的。以前听朋友推荐时，只看了一小段就走神看不下去了。这次守在他身边，竟认认真真地看完了，看得眼含热泪。电影中的弗兰克夫妇简直就是所有小城文艺青年的写照啊，他们口口声声想去巴黎，其实最简单的目的只是为了逃离庸常生活。

巴黎对于她来说太遥远了，她也只会说：我们去北京吧，租个房子，我卖唱，你收钱，我们会生活得更好。

他不说好也不说不好，只笑着说：“那你得好好练练歌艺了。”

他带她去各处觅食。他可以开很远的车，只为了带她去海边的渔村吃一碗云吞面。她感冒的时候，他深夜来看她，随身带着一个保温桶，里面是他去本地一间酒楼排了一个小时的队买到的粥，然后再一勺勺喂进她的嘴里。她孩子气地说宁愿这样一直感冒下去。

他们坐两个小时的船去一个小岛短途旅行。有着弯弯曲曲的海岸线和奇形怪状的礁石，海水蓝得让人忧郁，海边的沙子粗砺无比。他们手牵着手在沙滩上走，她的脚心被不知什么碎片扎破后，他背着她走。

他和她的交往基本上是纯精神的，他们光顾着精神上的交流，连亲吻和拥抱都觉得多余，更遑论欢爱。她不无悲哀地发现，他的声音远不如他的文字动人，他的身体更是让她无比陌生。

孤男寡女，共处一岛，于是有了拥抱，有了亲吻。她去洗澡的时候，发现来例假了，支支吾吾地告诉了他后，他看起来有点隐隐松了口气的神情。

“来日方长嘛。”那时候他们都这么想。

没有想到的是，他们的故事结束得像开始一样仓促。

小城很小，慢慢地，他和她的交往成了小城的人茶余饭后的谈资之一。她不知道他家里的人是否听说了。她曾经无数次设想过，如果有一天，有个女人突然来找她了怎么办。她并不害怕，可能是因为她从没动过占有他的心思。可是那个女人一直沉默着，这让她隐隐多了份敬重。

后来他们分开，并不是因为舆论压力，也不是因为家人干涉。

身边有朋友劝她，说："你清清白白一个人，犯不着和这么个人纠缠。"末了又说："不过如果真能守得云开见月明，那还真不错，他家里听说有好几套房子。"

好几套房子？

她一味苦笑。他家境不错她是知道的，可是那和她有什么关系？但在旁人眼里，她和那些为了车房嫁人的女人没有什么不同，甚或她还不如她们呢。

他倒是对这些风言风语置若罔闻，照样很招摇地开着车来接她。

她故意问他："你这样整天在外面混，她从来不说你的吗？"

他当然知道"她"指的是谁，却装糊涂地说："你都不说，哪轮得到别人来说。"

他总是这样嬉皮笑脸的，可是她忽然觉得厌倦了。

她懂了，他并没有那么爱她。而她呢，是真的爱上他了，还是仅仅爱上了恋爱这件事本身？她看着他想，人果真还是不能在太寂寞的时候恋爱啊。

他还在想方设法逗她开心，说要带她去吃私房菜。他说，那是蔡澜盛赞过的私房菜，老板一天只招待五桌人，一般人想吃也吃不到。

他这是在炫耀他不是一般人吗？她突然讨厌极了这种得意洋洋的调调。她才发现，他骨子里其实十分俗气，她早该看出来了的呀。而她自己又何尝不是一样的俗气。她迷恋他，也许只不过是迷恋他提供的五光十色的生活幻象。

这次，她跟他抬杠，闹着要去吃火锅。

他很轻蔑地表示："火锅多脏啊，把什么奇形怪状的东西都放进去一锅煮。"

她促狭地指出，上周他们还专门去吃了海底捞。

他反驳说："海底捞不同于一般的火锅。"

"好吧，那是高大上的火锅。"她讥讽道。

他诧异地看着她，像是第一次发现她如此刻薄。他不知道，他在她眼中也一样。

那次争吵之后，她慢慢地疏远了他，电话不接，短信不回，QQ 也不回话。

他是被宠惯了的人，对她的热情还没有退，哪里受得了这样的冷却。他每天给她发几十条短信，给她写长得要死的电子邮件。然后终于有一天，他把她堵在了小区的门口。

"你为什么不回我短信？"他气急败坏的样子好像一个孩子。

她没办法那么残忍地说出理由，只好解释说她很忙。

他继续追问：“你到底要我怎么样，是不是一定要我离开她你才愿意接受我？”

她惊奇地看着面前这个男人，这个年过三十依然满身孩子气的男人，她怎么会为了这么个长不大的大男孩，差点落到千夫所指的地步。即便是在最迷恋他的时候，她也只不过想陪着他谈谈情、跳跳舞、看看星星，来一场凌空虚蹈的恋爱，她从没想过要去照顾一个大男孩一辈子啊。

她装作很幽怨地说：“既然你这样说，不如先回去离了婚再来找我吧。”

他果然支吾起来。

听着他各种推脱的借口，她终于忍不住大笑起来，越笑越大声，连眼泪都笑了出来。

他其实并不爱她，她也并不爱他，他们在一起只不过是为了和寂寞对抗。可是，谁能敌得过这天长地久的寂寞呢。

之后也断断续续听到过他的一些消息，更准确说来应该是绯闻吧。

小城太小，寂寞的人太多，总有人需要用一场又一场恋爱来逃避寂寞。

他，就是这样的人吧。

她并不伤感，那个时候的她，已经安于寂寞了。她只是好奇，跟别人在一起的他，也会带人去吃云吞面，也会推荐人听陈绮贞，也会将那些动人的情话再说一遍么？

很久很久以后，有天她写了点东西，自觉妙不可言，恰好看到他在线，于是给他传了离线文件。

他一直没有回应。

几天后她忍不住问他："我发给你的文章，看了么？"

良久，他回了一行字："抱歉，最近实在太忙。"

看，她还是太过天真了，居然相信有个人会持久地爱她，仅仅是因为她灵魂的美丽。

他曾经说过，从来都是女孩子追他宠他，她是他情史上的唯一一次败北。

他总算报了一箭之仇。

◆ 一页厦门

这场旅行开始之时，看起来几乎接近完美。

目的地是厦门。

厦门，是她早就想去的地方。也许是因为离得太近，去了更远的三亚、普吉岛甚至夏威夷等地方，反而一直没有去厦门。

人嘛，年轻时总是这样，觉得风景总在远方，走得越远越好。

其实，她一直把厦门当成此生非去不可的地方之一。

厦门啊，光是听听名字就觉得文艺的风已经浮动在身边了。听说那里有中国最美的沿海公路，可以和相爱的人一起沿着海边踩单车。听说那里的海瓜子和土笋冻味道很特别，朋友们可以聚在一起，喝着啤酒就海瓜子，惬意一过就是一夜。

所以，在他提出想去厦门时，她有点儿不期然的惊喜，像是一个在心里埋藏了很久的秘密，终于被人说破。她猜他修过读心术，所以才能老是猜中她的喜好，哪怕她将自己隐藏得再深。

旅伴刚刚好，一行五人，包括他和她。大家都是公司里谈得来的朋友，周末经常聚会，但结伴利用小长假出游还是第一次。

他们坐高铁出发。车上一伙人都挺开心，说说笑笑地玩起了牌。他和她是对家，她见他坐在对面，脸上是和熙的微笑，眼睛泄露出一丝鼓励，仿佛在说：你想怎么打就怎么打，怎么都行。她那烂透的牌技在他的鼓励中，竟然真的上涨了不少。

结果他俩老是赢，一个以快嘴著称的女同事嚷嚷着说："你看他们，打牌就打牌，互相之间看来看去的，以为在玩眉来眼去剑呀！"

她以为被人看穿了他们之间的暧昧，窘得厉害。他倒是很沉得住气，面不改色。

从那以后，旅途变得愈发有趣起来。她是个相当腼腆的人，怕再招人打趣，故意离他远远的。而他呢，多数时候不管不顾地凑过来，就为了缠着她说两句话。偶尔两个人不在一块，目光也总在互相追寻着。另外三个旅伴的存在忽然变成了一阵浓雾，他和她在雾中两两相望，像极了儿时的捉迷藏。

不管她什么时候装作不经意地看向他，总能遇见一对灼灼燃烧的眼睛，那眼神明确无误地告诉她，他因为无法在众目睽睽下接近她而多么焦灼。

她很享受这种状态。这让她想起以前看的《胭脂扣》里的一副对联：如梦如幻月，若即若离花。她觉得感情在似明未明、若即若离的状态时是最有味道的。于是她特别感谢那三个蒙在鼓里的旅伴，是他们让这段感情止步于暧昧。

情难自禁时，他给她发微信说：老天，我真想杀掉那三个多余人。她甜蜜地忍不住抿着嘴笑了。

车很快就抵达厦门。

这座城市果然和她想象中的一样，洁净，精致，弥漫着浓浓的文艺气息。

他们把行李放在预订好的酒店，匆匆吃点儿东西，就赶往海边。厦门的海是灰蓝色的，在淡蓝的天空下像一匹宁静的绸子。见识过蜈支洲岛碧蓝海湾的人，自然不会为这片海惊艳，可是有他在身边，再平常的椰风银浪也显得动人起来。

在大海的身旁，他们的情感也不禁变得坦荡了起来。同事们纷纷跑去戏水拍照，只有他和她坐在沙滩上晒太阳。他说他每次看到大海就会有投身其中、永不上岸的冲动。她惊讶地发现自己也是，也许他们都不约而同地想要逃离，逃离那些表面平静无波的庸常生活。他凑近她身边猛嗅，说她身上有海的气息，诱惑着人奔向远方。这么软绵绵的情话，只有在海边才说得出口。平常，他们只不过是一对平凡的白领男女，整天埋首于格子间，乏味而倦怠。

太阳有点儿猛烈，她一边听他说话一边往身上涂防晒油，背上够不着的地方，他死乞白赖地要给她涂。海滩上的人群熙熙攘攘，他的指尖在她裸露的背上轻轻划过，她忙不迭地推开了他的手。他不知道，要是他的手指还在她背上多停留几秒，会是怎样的后果。

退潮了，他孩子气十足地拉着她一起捡贝壳，说要给她捡一枚形状最别致的贝壳，找到一个，扔掉，又找一个，再扔掉，最后捡到了一个上面有很多小孔的海螺，他拿起放在她耳边轻声摇，说："你听，是不是可以听到海浪的声音？"

她凝神一听，果然听到了，沙沙沙，沙沙沙。耳朵里是风吹浪花拍打着海岸的声音，这声音重复了成千上万年，他就站在她身边，那一瞬间，她想到了海枯石烂。

他扬手准备扔掉那枚海螺。她急忙拉住他的手，小声而坚决地说喜欢，然后把那枚海螺收起，珍而重之地放进了随身带的包包里。

他们找了块礁石坐下，慢慢看潮水一点点涌上来，天一点点黑下去。天上的云层很厚，没有一颗星星，海上的渔火一串串亮了起来，照着他们絮絮低语。

同事们玩得乏了，终于记起了他们俩，在海滩上高声叫他们回去。他们才恋恋不舍地跳下了石头。

晚上，她和两个女同事睡在一间房里，隔壁睡着他和另外一个男同事。这样的格局，自然是不可能出现酒店密会的插曲。

她躺在床上，有一搭没一搭地和女同事们聊着天，手机就放在枕头边，一声也没有响过。她隐约有点懊恼，带着些微微的负气睡去。

刚睡下没多久，手机响了。她在被窝中打开手机，看见他发来的短信：星星出来了，你那边看得到吗？

女伴们早睡熟了，她蹑手蹑脚地从床上爬下来，走到窗前，果然看见星星出来了，虽然只有一颗，但是很大很亮，静静地悬在海面上。

她想，他是不是也像她一样，在床上辗转反侧，被思念折磨得无法入睡，然后悄悄来到窗前，正好看到了星星在对他微笑。爱一个人就是这样啊，看到了美好的事物，第一时间总是想和对方分享。

她在窗前站了很久很久才回到床上去睡，手机再也没有响过。

第二天她起得很早，去酒店餐厅吃早餐时，同事们都说她较以前容光焕发了。他走近她，笑着说早，只有他才知道，她为什么会突然间这样容光焕发。

新的一天开始了，大家都满是憧憬，尤其是他和她。在行程规划的过程中却发生了小小的争执。五人中有两人说想去鼓浪屿，两人想去曾厝垵。后者是新开发的一个小渔村，以幽静闻名。想去鼓浪屿的人中有他，他期待地看向她。她只好说，我也想去鼓浪屿。其实，她对那些非去不可的景点并没有太大兴趣，不过无所谓，就当陪他去嘛，曾厝垵再幽静，没有他陪在身边，又有什么乐趣。

他们每人花 5 块钱坐上船家的渡船，几分钟就来到了鼓浪屿。阳光下的小岛刚刚睡醒，在太阳下懒洋洋地睁开了眼睛。古旧的建筑一角，大篷三角梅开得正艳丽，老房子中有人在练琴，海风吹来，将叮叮咚咚的琴声传入游人耳中。

“呀，真美。”她忍不住赞叹。

他得意地看了她一眼，意思是：听我的，没错吧。

他对名人故居一向很有兴趣，鼓浪屿不到 2 平方公里的小岛上，据说散落着近万所名人故居。他来之前，早就规划好了，不说要一一探访到，至少也要将最知名的都去了。

他拿着随身携带的地图，领着一行人兴冲冲地穿行在大街小巷。鼓浪屿的街道纵横交错，不知绕了多少个圈，费了好大周折，终于来到一幢英式楼房前，他兴奋地指着门牌大喊：“这是林语堂住过的房子啊。”

同事们本来都有点意兴阑珊了，这下也被他的兴奋感染。由于年深日久，这栋古老的宅院已经显出破败之相，院子里堆积着厚厚的落叶，还没有来得及扫去。同事们在院里转了转，没几分钟就走了出来，只有她还陪他一间间屋子看过去，听他开心地念叨：这是林语堂和廖翠凤结婚的地方，这是林语堂的书房，没准儿《京华烟云》就是在这儿写的。

她偷偷打了个哈欠，没忍心告诉他，《京华烟云》是在美国写的，他看到的那个版本，其实是根据英文原著翻译过来的。

等他们出来时，同事们脸上都有了几分不耐烦。当他说接下来要去看对面马约翰的故居，没有人响应他了。她哄他说等下分头行动了再陪他去。

他们上岛的时候已经不早了，这会儿转了几圈，已经临近中午。他兴致依旧很高，非得坚持去日光岩。

一行人不忍拂他的兴致，只得舍命陪君子。

想上日光岩，先得爬一座小山。山其实不高也不陡，但对于在城市里习惯以车代步的人来说，要爬上去也不是件轻松事。一伙人好不容易吭哧吭哧地爬上了山，他指着山顶那块突出的大石头继续说：“看，那就是日光岩，我们去登日光岩吧！”

于是，顶着大中午的太阳，随着拥挤的人群，他们以蜗牛般的速度，花了半小时才登上了那块石头。又由于人流量太大，得一个个排队下来，头顶是白花花的太阳，毫无遮挡，他们在那块石头顶上滞留了十几分钟。她觉得自己都要被晒成人干了。他说要给她拍照留念，她努力挤出了一个笑脸，笑容还没有来得及在脸上停留就被太阳晒化了。

总算从石头上下来后，大家都很累了。他偏偏不知好歹地再次提议，要去看晃岩路上的林巧稚故居。快嘴女同事客气地抢白他：“要去你去，我可不奉陪了。”

他看向她，她只好抱歉地回以微笑，她知道他想去，可她实在走不动了。

吃饭的时候争执再度升级。

从日光岩下来的大家又饿又累，在山脚有一溜路边摊，有卖牛肉丸的，有卖土笋冻的，有卖海蛎煎沙茶面的，同事们见了都雀跃着扑过去，想着中午就这样简单解决，到了晚上再慢慢去吃海鲜大餐。没想到他坚决反对，非得去岛上找馆子吃海鲜。

有同事开玩笑说：“大少爷，你就行行好吧，下顿再吃不行吗？”公司里的人都说他家境好，她怎么到现在才发现呢。她这才想起他一身的少爷脾气，她想起来之前他说过，每次出来玩几天就带几套衣服，穿脏了都带回家一起洗。那个时候，她就应该知道他是不好伺候的，何况她从来没想过要伺候任何人。

“不行。”他吐出两个字，不给其他人半点商量余地。

这年头，谁还没半点脾气呢。他这么不留情面，同事们也不买账，一哄而散各自去买小吃了。

他坚持带她去吃海鲜，走了好久才找到间看上去比较体面的馆子，又等了大约有一个世纪那么久，饭菜才端上来。他给她夹了一块鱿鱼，笑着说：“尝尝看，这就是传说中的酱油水海鲜，好不好吃？”她装作胃口很好地咽下去，笑着回答：“真好吃。”

酱油水海鲜的确名不虚传，可是她更想吃的，明明是几块钱一份的土笋冻海蛎煎啊。

他和她都感觉到了，对方都已经开始勉强撑着，只为了不让这趟好不容易策划的旅行泡汤。

积累了一天的怨气终于在这天旅程即将结束时爆发。

小长假来鼓浪屿玩的人特别多，排队等着坐轮渡的人足足有上万人，他们挤在人群中，看前方的队伍一动也不动，满身心都是疲惫。

有同事忍不住埋怨：“早知道不看那么多景点，早点回去就好了。”

本来是句无心之言，可是听在有心人的耳朵里，就突然爆发了。他对着一群人大吼：“我怎么啦？我这么安排还不是为了大家玩好一点、吃好一点？你们事先一点功课都不做，什么都是我在操心，临了还要怪我。你们怨我，我怨谁去？”

他吼的时候眼睛没有看她，但是她听在耳里，却分明听出了句句都是针对她，真是字字刺心。他在抱怨他为她抛出了一片苦心，她却毫不领情。她也不知道该怨谁，她只是累得要死，恨不得马上能昏睡过去，一觉醒来，就能回到熟悉的小城。

早就应该知道，旅行就是用来破坏并不坚贞的爱情和并不坚固的友情的。

他吼出这些话后，没有人接腔，他也觉得无趣，大踏步地走开了，带着一脸的悻悻然。她在他身后张了张嘴，始终没有叫出他的名字来。

又等了一会儿，眼见着队伍完全没有动，大家都做好了滞留岛上的打算，于是也都不等了，各自作鸟兽散。

她一个人落在人群后面，拖着脚步慢慢地走。怎么会闹成这样呢，她一点儿心理准备都没有。预想的事几乎一件也没有发生，没有海边漫步，没有海瓜子和啤酒相伴的夜晚，没有亲吻也没有拥抱，没有一触即发的激情之夜。不管他是如何精心筹备，也不管她是如何小心应对，厦门这一页都已经翻过去了，他们的人生，从此以后不会再有交集。

她茫然走进了一家还在营业的奶茶店，抬头一看，才发现这就是著名的张三疯奶茶店。奶茶店很小，挤满了慕名而来的人。她排了会儿队才买到招牌奶茶。招牌奶茶配有麦片和葡萄干，并没有想象中好喝。

给她留下更深印象的是关于那只叫张三疯的猫的八卦：

张三疯是生活在鼓浪屿的一只猫。

自由自在，小时候很疯，

长大了却像梁朝伟一样深沉。

长大的张三疯，

常常红杏出墙，

和隔壁旅社的狗狗一起，

在鼓浪屿上私奔几天。

如果不是大海阻拦，

它们早就浪迹天涯了。

张三疯这只发情的猫说，如果不是大海阻拦，它早和心爱的狗狗浪迹天涯了。其实阻拦它浪迹天涯的，又何止是大海呢？

手机响了。同事在找她了，说轮渡来了。她回到码头，看到他也气喘吁吁地赶到了，头发油油的，肚子一鼓一鼓的。她以前怎么没注意，他已经有了中年发福的迹象。他向着她歉意地微笑。不不不，她不需要他的歉意，她扭过头去，不再看他。

深夜的轮渡上，她偷偷从包里拿出那只海螺，丢进了黑沉沉的大海里。

爱情来之前的想象总是过分美好，或许将期待的标准降低一点点，就不会结束得这么狼狈了吧！

◆ 想和你跳支舞

1

工作就像婚姻一样，年深日久之后，总会让人无比倦怠。

苏蔚刚开始做舞蹈教练时是满心热爱的，在明亮宽敞的练功房内，恰如其分地舒展肢体，带领一班小朋友随节奏起舞，既可赚取稳定收入，又能维持美好身段。快三十岁的女人了，腰围还是一尺九，光看背影，绰约得如二八佳人。

渐渐地，却也有倦意从心底滋生。一套舞蹈动作做得烂熟，何时跳跃，何时旋转，仿佛早已受程序指控。

太阳底下并无新事，何况是这小小的练功房中？

这一天，苏蔚如往常一般上班。她在上面示范时，小朋友们突然在下面窃笑。

她狐疑地检查一下自己，浑身装束一如既往，中规中矩的黑色练功服，发髻高高盘起，并没有任何异样。

小朋友们还是嘻嘻哈哈笑个不停。

苏蔚环视一下整个练功房，才发现原来来了一位不速之客。

这个班原本是为初学舞蹈的小孩开设的，此刻，角落里却站着一位成年男子。他看上去三十来岁，穿一身白色的练功服，身形挺拔，宛如一棵秋天的白杨树，和周围的小白杨们相映成趣。

他用眼神向苏蔚致意。

苏蔚有一刹那的恍惚。很快她回过神来，开始随着音乐重复那已烂熟的一千零一遍舞蹈动作。还是一样的举手投足、跳跃旋转，苏蔚竟感觉到，自己在音乐的引领下化成了春风中舞动的一根柳枝，这一曲《天鹅湖》，似乎别有意味，或许是因为多了一个成年异性的注视吧。

结束完下午的练习，那个男子在苏蔚走过他身边时叫了一声："苏老师。"

苏蔚回头矜持地微笑。

穿白色练功服的男子犹疑地说："你长得很像我大学的一个女同学，特别是跳舞时的样子。"

苏蔚还是客气地笑："人有相似。"

那男子觉察出她语气中的冷淡，想说什么，终于还是住了嘴。

2

换好衣服走出练功房。还只是下午五点。

这时候回去的话，必定是一个人对着空空的房子，生出一肚子的怨意来。寂寞的婚姻，是培养怨妇的最佳温床，一点一滴的不快，累积在一起就会像霉菌一样迅速蔓延。

不知道从什么时候开始，苏蔚下班后总要在外面磨蹭一段时间再回家。在外面听人笑语，也比一个人苦守空房好。

这天还是不想早早回家。信步走到本城最繁华的步行街闲逛，在一家熟稔的内衣店里流连了很久。苏蔚平时衣着素雅，一律黑白灰的套装套裙，选内衣却偏爱明黄浅紫之类的艳丽色系。读大学时她穿爱慕，结婚时穿黛安芬，现在则穿维多利亚的秘密，牌子一个比一个妖娆。

拎着大袋小袋逛到脚痛，突然看见玻璃橱窗里映着自己的脸，眉梢眼角写着的都是落寞。

打车回家时已是晚上八点。华灯初上，把整个城市映得温暖明亮。苏蔚抬头望自家的那盏灯，意料之中地尚未亮起。

八点半，陈思文的短信准时发到。

“晚上加班，你先吃饭。”

热恋时，他叫她“宝贝”；新婚燕尔，他叫她“亲爱的”；而现在，结婚也不过五年吧，干脆连称呼都省去。

苏蔚捧着手中的那碗康记牛肉面，有流泪的冲动。

对于一个常常用方便面充当晚餐的已婚女子，难免会感到惆怅，除了惆怅之外，还有一丝丝的不甘心。

那时候，嫁了另外一个人，会不会好一点？

往往想到这里，苏蔚便会狠狠打住，毕竟，世上是没有后悔药卖的。

3

苏蔚原本以为，那个挤入少年班来学舞蹈的成年男子是闹着玩玩儿的，谁料他居然坚持了一个月之久。

这个健身中心本来有各式各样的舞蹈培训班，或许该男子是为了圆年少时的一个梦吧，反正多个学员多收一份学费，苏蔚懒得去理他。

小朋友们也习惯了他的存在，不再偷偷嘻笑。

作为一个已过三十的成年人，这名男子显然早已错过了学习舞蹈的最佳时机，与肢体柔软的小朋友比较，他的每个动作都透着僵硬。

对这个表现平平的学生，苏蔚平常很少关照。只是在台上示范的她，总能感觉到他投射来的目光。有时候她一转身，竟觉得那目光蓦地热烈起来，背上有滚烫的烧灼感。

她有点恼怒，莫名其妙地恼怒，认定此人对自己心怀不轨。可是他除了在周二和周六下午来学跳舞，居然没有一点冒犯的行动，除了对她行注目礼外，分明连话也没有再同她说过。纵然她想发作，也找不出发作的理由。

一天，苏蔚终于忍不住在下班后拦住了他，生硬地说："这位先生，如果有需要的话，不如转到成人班去吧，我帮你推荐。"

他沉默半晌，轻轻说："好的，只要你开心。"

苏蔚突然咬住嘴唇，幽幽地看住他："你总是这么说，那么，你看我现在开心吗？"

说着眼泪已在眼眶里打转。

他顿时慌乱起来，想要为她拭泪，又不敢伸手。

看着他手忙脚乱的样子，苏蔚想笑，可眼泪不听话，还是从她的眼眶里掉了出来。

4

这个俩月来坚持学跳舞的男子，是苏蔚的初恋情人何慕林。

两个月来，苏蔚一直坚持不肯和他相认，她怕自己一和他相认，就忍不住会触动旧情。

当年她年少贪玩，在学校舞会上遇见了风流倜傥的陈思文，两个人从伦巴跳到恰恰，成为舞会中所有人注目的焦点。她少女的虚荣心得到了极大的满足。

比较起陈思文来，何慕林有点木讷，不会跳舞，不喜欢出去玩儿。苏蔚感情的天平不自觉地向陈思文倾斜。

不可否认，何慕林对她是极好的。就连苏蔚提出分手时，他也只是轻轻说："好的，只要你开心。"

后来苏蔚听说，从不喝酒的何慕林在她走后喝得大醉，醉后抱着根电线杆当成了她，大声地念着仓央嘉措的诗：你见，或者不见我，我就在那里，不悲不喜；你念，或者不念我 ，情就在那里，不来不去；你爱，或者不爱我，爱就在那里，不增不减；你跟，或者不跟我，我的手就在你手里，不舍不弃。一遍又一遍，直到他同宿舍的兄弟硬把他拉走。这一幕一度传为校园爱情故事中的美谈。

当时的苏蔚以为爱就是浓烈如酒，喝下去的人会醉的，一直到多年以后，何慕林那种无微不至的好才在她记忆中一点一滴地清晰起来。

他每天给她打开水，买好早餐后再在楼下叫她的名字，宿舍的姐妹都笑称他是"二十四孝男朋友"。

记得有一次和他一起去峨嵋山旅游，苏蔚半途走不动了，是他蹲下身来，将她背在了背上。到了山顶，苏蔚到处观望，他已经累得连迈步的力气都没有了。

毫无疑问，何慕林是个适合结婚过日子的人，而陈思文，似乎更适合让年轻女子体验一次燃烧的爱情。

5

咖啡馆中。苏蔚和何慕林相对沉默了很久。

她曾经多次设想过与他重逢的场景。最好是他变老了，长出了庸俗不堪的大肚腩，两个人在街头说说天气，聊聊股市行情，然后一笑而过。这样，她才会庆幸自己当初的选择。

可是他英俊如昔。看她的眼神深情如昔。

他还是关心她的，甚至，还爱着她吧？不然的话，犯不着花两个月的时间去学跳舞了。

终于，他打破了沉默，问她：“你还好吗？”

苏蔚突然不知道如何回答。

她的婚姻不好吗？夫君英俊多金，更加上守身如玉，从没闹过什么出轨。如果好的婚姻表象就是平稳、规律甚至乏味的话，那她的婚姻应该是典范了。但是独自苦度的那些夜晚就像一道裂口，足以让人看见婚姻这件华美外衣之下的空洞和苍白。

何慕林担忧地看着她，很多次，他看见下班后的她在街上游荡，脸上写着孤寂。

而此刻，她坐在他的面前，离得近了，连眼角细细的隐纹都看得清楚。

那一瞬间，他蓦地心酸。

这么多年过去了，她还是这么瘦，单薄得像一张纸，这和少女时期的瘦是不同的，粉红色的年龄，瘦也瘦得娇俏；年龄一天天大起来，娇俏就会褪去，只觉得这瘦凌厉起来，看着让人触目惊心。

她再也不会偏着头娇嗲嗲地靠在他肩上撒娇说：“我走不动了，你背我到山顶好不好？”

想着想着，他的手已不知不觉伸出去，抚着她的脸，虽然这张脸已不如他记忆中那样光洁饱满。

苏蔚的眼泪沾湿了他的手掌。

她还是和以前一样爱哭。这点没变。

6

这天晚上，陈思文照例发来短信说“要加班”。

苏蔚这回真动了气。

一周六天工作日，至少有三天晚归，这样的状况，维持了差不多一年了吧。

莫非是他有了外遇？

这样的念头一冒出来，就变得不可收拾起来。

晚归仅仅是诸多迹象中的一种，一年来陈思文的种种表现，几乎都能够成为出轨的佐证。

欢爱的次数越来越少，回家的时间越来越晚。不再凝视她，不再赞美她，纵使她内衣的款式越来越性感，颜色越来越香艳，也吸引不了他的目光。

他们也曾有过浓情蜜意的岁月。

刚结婚时，每天他都会踩着点儿回家，进门就急急呼唤她的名字，即使看见她在厨房忙碌着，也会不管不顾地抱住她，先腻上一阵子再松手。

墙上挂着他们的婚纱照，他牵着她的手，正在一起跳吉特巴。

一起跳舞，似乎是上个世纪的事了。

苏蔚决定去探探陈思文的班。

如果她的婚姻只是一件外表华美，却无法遮风挡雨、带来温馨的外衣，她不介意撕破。何慕林的出现，等于捅开了一个口子，她只要再下点儿大力气即可。

当她推开陈思文办公室的门时，果真从他的眼中捕捉到了一丝慌乱，虽然笑着说“老婆你怎么来了”，但样子却显得有点假。

电脑还亮着，她假装不经意地往前凑时，他居然跳起来就关了屏幕。

至少，他还是在办公室里，而不是她想象中的流连于红粉窝中。

她本应如释重负的，可为什么，心里竟有一丝隐隐的失落？

莫非她真的想发现点儿什么吗？

7

“小蔚，能不能和你一起跳支舞？”

培训班下课后，何慕林拦在苏蔚面前，声音怯怯地问。

自从上次咖啡馆中相聚后，他竟一直没有再找过她，只是一如既往地每周来学两次跳舞。

苏蔚有那么一刹那的犹疑，但很快微笑起来，轻轻地把手放在他的掌心之中。

小朋友们都已走了，偌大的练功房显得犹为空荡。

何慕林随手按了一下音响的开关。

音乐流淌了出来。

舒缓，抒情，弥漫着淡淡的忧伤。

是适合情人共舞的华尔兹乐曲。

苏蔚的腰在他宽大的手掌中，盈盈一握。

他们在如水般的音乐中轻轻旋转，旋转。

何慕林的舞步还是有点生涩，可为什么，苏蔚在他的怀里，竟有微微的晕眩感，一步步踩下去像漫步云端？

光阴忽然急剧向后飞驰。这一支舞的时光内，她仿佛仍是粉红少女，而他则是青涩少年，一如初见。

再美的舞曲，也有结束的时候。

一曲终了，他们仍保持着舞蹈的姿势，他的手仍环在她的腰上。

她以为他会吻她。

谁料他竟说："小蔚，下个月我就要去美国了，和我太太一起。"

苏蔚惊讶，其实，她早应想到，这么多年了，他不可能永远傻傻等她。

愣了愣，她微笑着说："祝福你们。"说着就不动声色地挣脱了他的手。

那个下午，何慕林告诉她，和她分手后，他常常会坐在学校的学生舞厅一角，看她和陈思文在舞会中风光无限，他有时会将陈思文设想成是自己。多年以后，他陪朋友来练功房时看见她跳舞的样子，年少时的愿望便不可抑制地冒了出来。

"我一直想和你跳支舞。如果当初我也会跳舞，你会不会选择我？"他有点儿傻气地问。

在他期许的目光下，苏蔚微笑着点了点头。

就当替他圆一个梦吧。

至少在这梦里，自己也经历了瞬间的眩晕。

8

周六早上，陈思文一起来便忙着找配套的衬衫和领带。

苏蔚偎过去，一张脸紧紧贴着他的背，一迭声地说："不去上班好不好？"

她有多久，没有这样娇滴滴地和他说过话了？

陈思文转过身来捏她的脸，反问一句："那你说去哪儿？"

"不如我们去爬山吧，大尖山我还没去过呢。"

陈思文眼神里露出一阵窃喜，可还是故作关心地说："你平常不是最讨厌运动吗？或者我们在家看碟？"

"我想去爬山。"苏蔚坚持。

"亲爱的你真好！"陈思文响亮地吻了她一下，看她的眼神如同新婚般深情。

原来，他们除了相敬如宾地相处，也能重拾往日的郎情妾意。

其实，陈思文的秘密她已经知道了。

不错，每周三天的晚归是加班不假。不过捎带着和一众年轻女网友打情骂俏而已。

而周六这一天，他基本上都是约好网上结识的登山爱好者在附近登山，这些人中，不乏年轻漂亮的MM。

粗心大意的陈思文自以为将出去玩的照片存在办公室的电脑中就可瞒天过海，却忘记了有次电脑坏了没空修还是苏蔚给他拿出去修的。

那些照片中，陈思文笑得很开心。

那些女孩子到底和陈思文发展到什么地步了呢？

苏蔚并不想深究。

或许，在平淡的婚姻中待得久了，他也只不过是想偶尔寻找跳舞的感觉罢了。

甜蜜的婚姻生活并不难换取，她只不过答应陪他登次山而已，他就能高兴成这样。可见伴侣做得久了，难免会忽视对方心理上的渴求。

才到半山腰，苏蔚有点儿走不动了。

不待她说，陈思文便主动弯下了腰。

他的背并不宽厚。

苏蔚却感到异常踏实。

她闭上眼睛，鼻端传来淡淡的山花香，是个美好的秋日。

◆ 少年和偶像都已老去

1

我们去听陈奕迅演唱会。

我，小倩，华仔，还有阿熙。

是临时决定去的。

去之前的晚上我还在加班赶稿子，蓬头垢面。小倩身上的麻布裙子皱得像旧报纸，坐长途飞机没来得及换衣服。华仔腆着肚子，脚上随随便便趿拉着一双拖鞋。阿熙打扮得最正式，系着领带，那样子像是从会场上直接赶过来的。

这样的四个人，混在一群平均年龄不过十七八的潮男潮女中间，真是突兀的存在。周围的人都在兴奋地嚷嚷，只有我们心不在蔫地打着哈欠。

灯光照到舞台中央，在山呼海啸的喝彩声中，万众期待的主角登场了。

台下的孩子们顿时全都站了起来，挥舞着荧光棒大声叫着：“Eason,Eason……”

华仔转过头问小倩：“看个演唱会，他们叫‘医生’干嘛？”

话刚出口，他的椅背被人踢了一脚。

“收声啦，大叔。”后排的小靓女对他的“无知”忍无可忍。

华仔居然没反驳，我估计他是被“大叔”两个字吓到了。

不管我们承不承认，我们都已经是三十出头的中年人了，无法掩饰满脸疲倦的中年人。

台上的陈奕迅开始唱歌，电子屏一行行地打出炫目的歌词：“消失太快，捉得到太少……叫皱纹散开，让青春归来。喜欢花一天跟你一切是爱……”

台下的男男女女安静了下来，挥着荧光棒轻轻跟着哼唱。这是属于他们的时代曲。

我们四个沉默着，因为隔阂。我们千里迢迢地赶来听陈奕迅的演唱会，结果，这万人合唱的开场曲，我们根本就没听过。

“叫皱纹散开，让青春归来。”

这样的歌声对我们来说更像是一种召唤，召唤出记忆中的千千阙歌，以及那一去永不回的青春岁月。

2

我喜欢的第一个偶像，他也姓陈。

叫华仔“大叔”的小靓女不知道，我们在她这个年纪的时候，都是从来没听过演唱会的土包子。在我们十几岁时，不仅没听过演唱会，还没买过唱片。偶尔买几盒磁带，都是盗版的。

我们听到喜欢的歌，就会用一个本子将歌词抄下来，一行行工工整整地抄下来。

我还记得我抄下的第一首歌，那是陈百强的《今宵多珍重》，是对着十四英寸的黑白电视屏幕急急地抄下来的：

愁看残红乱舞
忆花底初度逢
难禁心头泪涌
此际幸月朦胧
愁绪如何自控
悲哀都一样同
情意如能互通
相分不必相送
……

第一次听到这首歌，是在学校的广播里。那时我只有十四岁，刚从乡下转来城里的初中，说一口乡音浓重的普通话。在自我介绍时因为口音和紧张，被人取笑说是“小结巴”，羞愧的我愤懑得跑到一棵桂花树下偷偷哭。正哭得起劲的时候，一个男孩子在我身边坐了下来，两条长腿懒洋洋地摊在桂花树下，也不劝我，只说：“听，这歌多好听。”

空荡荡的校园一角，传来一个深情细腻的男声，是从学校广播台传来的吧。那歌声如泣如诉，似乎有一种压抑的柔情隐藏在婉转的旋律之中，听来分外哀伤。我们所处的位置离广播台较远，远远地听来，那歌声更是缥缥缈缈，如隔云端。

我不知道他唱些什么，但听在耳里，只觉得字字铿锵，合着那曲调，说不出的婉转悠扬。

那个男孩子没有再说话，等这首歌结束，广播里换了一首嘹亮的歌，他懒洋洋地站起来跟我说了声“再见”就走了。走的时候，他随意拂了拂衣服，淡黄色的小花瓣从他身上落下来，像下了一阵桂花雨。

这是我初次遇见阿熙的场景。

很多年以后，我每次想起他来，都好像重回到了那个午后。初秋的阳光，桂花飘香，阿熙脸上懒洋洋的笑容，还有空气中流淌着的忧伤歌声。

后来看电视我知道了那首歌叫作“今宵多珍重”。然后，那个叫陈百强的歌手，成了我懂事以来的第一个偶像。我记得他穿白色西装，眼神中有着雾一样的忧郁，过门处随意的几个舞步，显得优雅而潇洒。

我喜欢上他歌的时候，他已经不在人世了。那时没有网络，信息闭塞，我是听小倩说起，才知道这个悲伤的消息。

我没有告诉小倩的是，在听说他的死讯后，我用被子蒙住头偷偷哭了一整晚，第二天眼睛肿得像桃子一样。

我很难过，这种难过无法向人诉说。同时，我非常清楚，没有人能理解我的难过。兴许日子久了，有一天这种难过连我自己也无法理解。

所以后来有一天，当阿熙告诉我他在知道黄家驹因意外去世的消息后哭了时，我只用点头来表示：我信。

因为，我也曾因为同样的伤痛蒙着被子在深夜哀哀哭泣。

我曾经以为，这种哀痛无法启齿，可他让我发现，居然有人，和我有着同样的感情触动。

这世间居然有这样一个人。

3

“亲疏，真假，你我，哪样量度，
赏面，撑腰，接济，兑现承诺，
炒股，供楼，世界，过分凉薄。”

陈奕迅戴上了那副著名的“碌卡”眼镜开始演唱。

我目测，全场观众几乎有一半人拿出了类似的眼镜，小倩都戴上了。我后悔没在淘宝上也买一副，山寨版的才三十块一副。

“方辛辛，他到底唱的是什么啊？”华仔骚扰身边的小倩未遂，憋不住了只好问我，“都是鸟语歌，听多了可真难受。”

我注意到后面的小靓女杏眼圆睁，看架势是想爆大叔的头了，便连忙朝华仔做了个“请安静”的手势。

鸟语？

曾经的我们，对这种被称为“鸟语”的语言是多么痴迷啊。

我还记得初中那本抄歌本上的歌，第一首是《今宵多珍重》，第二首是《海阔天空》，然后是《片片枫叶情》《有谁共鸣》……几乎无一例外都是粤语歌。那时候觉得粤语有种咬牙切齿的气势，特别符合少年当下的心性。

那时候全国人民都在学粤语，电视台有档节目叫“教你说白话”，火爆得一时无两。到现在我还觉得，任何一首歌的粤语版本，偏要好听过国语版本。后来我想，我喜欢上阿熙，是不是因为他唱粤语歌时候的发音特别准？

不仅是学生爱唱粤语歌，连新潮的音乐老师也会在课堂上教唱粤语歌，比如 beyond 的《海阔天空》。老师唱一句，同学们就扯着嗓子跟着唱一句。没几遍之后，就变成了大合唱。少男少女们激昂的歌声几乎要把屋顶都给掀开了。那一刻，我仿佛听见了："风在吼，马在叫，黄河在咆哮，黄河在咆哮！"

多少年以后，那歌声还一直回荡在我们热血沸腾的青春记忆里：

今天我寒夜里看雪飘过
怀着冷却了的心窝飘远方
风雨里追赶
雾里分不清影踪
天空海阔你与我
可会变（谁没在变）
多少次迎着冷眼与嘲笑
从没有放弃过心中的理想
一刹那恍惚
若有所失的感觉
不知不觉已变淡

心里爱（谁明白我）

原谅我这一生不羁放纵爱自由

也会怕有一天会跌倒

背弃了理想谁人都可以

那会怕有一天只你共我

……

因为那首《海阔天空》，beyond 成了男生们的最爱。当繁重的功课压得人喘不过气来时，当堆积的荷尔蒙无处宣泄时，就会有人引吭高歌："原谅我这一生不羁放纵爱自由，也会怕有一天会跌倒，欧也……"

那句"欧也"余音不绝，带着浓浓的荷尔蒙气息回荡在空中。

青春如果没有和摇滚相遇，那该多么惨淡。

阿熙还曾在学校的校园歌手大赛上唱过这首歌，虽然最后没有入选十佳，却成为了少女们心目中的无冕之王，并因此收获了无数校园粉丝。

在我的记忆中，十四岁那年的秋天似乎特别悠长。那个年代的小城工业还不发达，透过玻璃窗往外看，可以看到蓝得透明的天空。光阴慢悠悠地流过，阳光中满是懒洋洋的味道，金黄的银杏树叶在风中轻轻摆动，宛如情人温柔的手。

我们坐在教室最后面的角落里，这里是顽劣少年和问题少女的天堂，长期被老师忽视，每天都生机勃勃。华仔和小倩是两个话口袋子，整天在课堂上瞎聊；我是无人看重的乡下姑娘；阿熙呢，三天两头旷课。我是在开学后一周才见到阿熙的，第一眼就认出他就是桂花树下的那个男孩。

我们四个相安无事，华仔和小倩忙着打打闹闹，我忙着伏案做题，或者默记单词，而阿熙呢，大多数时候耳朵里都塞着耳塞在听歌，偶尔会拿出口琴来，吹一首不知名的歌，纯净清脆的口琴声断断续续地淌过，在耳边，在心上。偶尔抬眼看过去，他握着口琴的姿势，像用手围拢着烛光，极其珍重。

那时座位都是按成绩来排的。因为一次期中考，我考入了全班前五，便搬离过那个角落，到了期末考，我在试卷上乱填一气，终于又如愿在下学期重返角落。对于我的回归，华仔和小倩都很高兴，只有阿熙看我的眼光里隐隐含着责备。

我哼着不成调的歌，快活得顾不上他的脸色。只有在那样年轻的时候，才有那样不顾一切的决绝。我唯一的快乐，是阿熙微笑的脸，至于升学成绩之类，统统可以忽略不计。

4

现场忽然静了下来，陈奕迅轻轻地唱着《幸福摩天轮》。

他的歌大多带着淡淡的忧伤，难得有一首这般甜蜜的，全场在这首歌里陷入温柔甜美的梦境中。身边的几对小情侣紧紧依偎在一起，其中有个女孩子和小男友忘情地拥吻着。

现在的少男少女啊，可真奔放。

在二十世纪九十年代，中学生恋爱是件了不得的大事。更何况，和我恋爱的对象是阿熙，老师眼中的坏小子。

那时最流行的电影是《古惑仔》，很多姓陈的男生因为仰慕郑伊健扮演的角色，硬是缠着父母把名字改成了“陈浩南”。这样拙劣的模仿，阿熙是不屑做的，可他的言行举止，俨然就是一个现实版的陈浩男：旷课、斗殴、整天泡在录像厅和台球室里，还成了一帮小混混的头目。

不知道为什么，这样的男生反而更受女生欢迎。现在想来，大概是因为阿熙长得好吧，打再多架身上也没有一丝痞气，眼神永远清澈如赤子。他对女生表达过来的爱慕从来不放在心上，那副懒洋洋的样子让女生们恨得直咬牙的同时也爱之愈切。

郑伊健最打动我的角色不是陈浩南，而是《笑看风云》里的包文龙。在戏里，郑伊健饰演重情重义的包文龙，陈松龄则饰演古怪少女林贞烈。我坐在电视机前，看他们从相识相恋到生离死别，心情跟着起起伏伏。在那个闭塞的年代，电视的作用不仅仅是娱乐，更重要的是能够让我看到外面的世界。

从这部电视剧开始，我深深爱上了那个叫香港的地方。从电视剧里面看，生活在那里的人活得那样精彩，有了酒吧、豪宅、大海、游轮、股市作背景，似乎爱和痛都格外惊心动魄。

当时有个叫艾敬的姑娘披着长发抱着吉他笑嘻嘻地唱：“香港香港你怎么那么香。”我听到时猛然间明白了年少时为何会对香港的歌、香港的影视那么着迷，那都是因为：那个年代的香港对于我来说繁华得不可触及。出生于二十世纪七八十年代的人，谁敢说自己没有过“香港梦”呢？

《笑看风云》是在初中的第一个寒假放完的，当最后看到包文龙为奄奄一息的林贞烈戴上戒指时，我也跟着剧中人一起流下了眼泪。我钟爱这部戏，很大一部分原因是因为总能从林贞烈这个古怪少女身上看到自己的影子。林贞烈喜欢独来独往，我也喜欢独来独往；林贞烈不爱说话，我也不爱说话；林贞烈有条叫贞贞的狗，我也有条狗，虽然它是一条叫“糖豆”的从乡下带来的土狗……

也是因为这条叫“糖豆”的小狗，我和阿熙才走在了一起。

当年我们学校有个公认的校花，是个知名的美人，长着一张古典精致的鸭蛋脸。有天这个校花回家有点晚了，被一群流氓缠上了，恰好阿熙在旁边桌球厅玩，就上去打抱不平。他势单力薄不是敌手，被揍成了猪头，我遛狗路过时，使唤“糖豆”去咬那帮流氓，马上把那群人给吓走了。

后面的故事比较悲惨，不久之后，小狗“糖豆”被寻衅的流氓找机会打死了。我伤心之下，执意要把“糖豆”送回老家安葬，阿熙就骑着摩托车把我们送到了乡下。

路程比想象中的还要远，在黄泥马路上颠簸了四个小时之后，又走上了一条路况更烂的毛马路，到最后，马路也没有了，只有一条乡间小道，小道的尽头，摩托车撞在了一棵树上，终于鞠躬尽瘁地摔在地上，只余马达轰鸣。

我和阿熙面面相觑，两人都是满面尘土一身泥水。我们把“糖豆”埋在了老家后山的坡上，阿熙将一根树干插在小土包上，从摩托车的后备箱里找到一把小刀，在剥了皮的树干上刻了六个字：忠犬糖豆之墓。

平时，他肯定会觉得这些事儿傻得要死。不知为何，那天他却甘愿跟着我一起冒傻气。

天色渐渐暗了，大山变成了一只安静的巨兽，偶尔听见乌鸦回巢时哑哑的叫声，月亮冉冉升起。后来，我一直记得，那个初夏的月亮是橙红色的，那么大，那么红，挂在树梢上，微微有点透明，像一滴即将坠落的泪珠，让那个夜晚显得不真实。

或许是因为那轮红月亮，这个夜晚被月色凝成了记忆中的一枚琥珀，犹带着松脂的清香。琥珀之中包裹着的，是一对少年男女，并肩躺在一个农人废弃不用的瓜棚内，絮絮地说着话，远处的月亮开始是红色的，后来慢慢发黄了，最后变成了银白色，皎皎地挂在青天之上。

怎么会有那么多话说呢，像是要在一夜之间，将所有遇见他之前的故事都告诉身边这个男孩。他也是如此。

“我真想一夜之间就长大，那样的话，我就可以离开这里了。”

“你想去哪里？”

“我想去香港，看看尖沙咀、跑马地、旺角，还有庙街，说不定还能碰到周润发和张国荣呢。”

“我想去一个能看到北极光的地方。”

“为什么？”

“你还记得《倚天屠龙记》吗？张翠山和殷素素漂流到冰火岛上时，看到了极光。我一直猜想，极光肯定美得不得了吧。”

“你不知道吧，《倚天屠龙记》的作者金庸就住在香港。”

“真的吗？可是香港要到 1997 年才回归。”

“是啊，还要等两年啊。”

对于年少时的我们来说，1997 年是个多么遥远的时间啊。虽然遥远，但有一点是笃定的，到了 1997 年，我们一定还在一起，就像现在一样，挽手说梦话，仿佛永远都不会疲倦。

聊到后来，我们口干舌燥，阿熙溜到附近的瓜地里，偷偷摘了一个西瓜。我拿着小刀要划开时，他已等不及就捧着西瓜在石头上用力一摔，那圆圆的西瓜就爽脆地爆裂开来，露出了鲜红的瓤。我俩一人捧一块，将头深埋在西瓜中，吃得汁水淋漓。

吃完西瓜，我的唇边还留着几颗瓜籽，阿熙举起衣袖轻轻为我擦拭，擦着擦着，看我的眼神忽然热烈起来。我以为他会亲我，但他只是伸出手来，在我的短发上轻轻摩挲着，耳语一般地说："方辛辛，你短发的样子好像林贞烈啊。"

就是那个无比快乐的暑假，录像厅、溜冰场、电影院……这些地方都成了我们相聚的场所。我们总是四人同行，从不单独相对。我们在录像厅里租一块钱一张的碟片来看，阿熙和华仔爱看周润发刘德华的枪战片，我和小倩喜欢的明星是林青霞和吴倩莲，我们大家都爱周星驰。

对了，小倩原来并不叫小倩，华仔原来也不叫华仔，看了《天若有情》后，他们各自改了原来的名字，他们并没有发展成情侣。

几乎所有的香港电影我们都爱看，除了那个叫王家卫的导演的。我们如此热爱港片，以至于都想着要献身电影艺术。阿熙想做歌手，华仔想当导演，小倩想当电影明星，我想做一个填词人，写好多好多好听的歌，专给阿熙一个人唱。

二十世纪九十年代的中学生比较保守，我和阿熙干过最出格的事，就是一起去看了场通宵录像。录像厅中光线昏暗，散发着暧昧不明的气味，座椅被隔成一个个格子间，可以随意坐卧。

那晚录像厅放了部非常闷的电影，听名字倒像个武侠片，里面的明星也多得吓人，但每一个都莫明其妙的，张国荣总是神神叨叨，林青霞忽男忽女，杨采妮演一个得了强迫症的姑娘，张学友像个二百五，为了一篮子鸡蛋就可以去杀人。那片子没放多久，录像厅中就嘘声一片，有人高声抗议：什么烂片子，赶紧换！

老板连忙换了个叫《东成西就》的片子，同样是那一群明星，在刚刚那部闷片中几乎全是抑郁症患者，到了这部片子中突然都像被打了鸡血一样，开始集体狂欢，要多疯癫就有多疯癫。钟镇涛一出场就死于史上最神奇的飞靴，长着香肠嘴的梁朝伟时刻不忘显摆他那忧郁的眼神，张学友最钟情的是表妹王祖贤那销魂的眼神，叶玉卿动不动就骂“香蕉你个芭拉”……

在一片哄笑声中，我靠在阿熙的肩上沉沉睡去。

那是港片的黄金年代，也是我们的黄金年代。

5

陈奕迅在唱《人来人往》，这是他所有歌中我最喜欢的一首。

“闭起双眼你最挂念谁，眼睛张开身边竟是谁。”

初次听到这首歌的时候，我在大学图书馆里差点掉下眼泪。当时的男朋友问我怎么了，我粗暴地打断了他，一个人跑到网吧里，把这首《人来人往》点开，单曲循环了一下午。

阿熙的脸浮现在脑海里，那样真切。

“拥不拥有也会记住谁，快不快乐有天总过去。”

那时，我和阿熙分开已经六七年。

已经记不清分开的原因，无非是些小裂缝。

人年少时，狂妄得近于愚蠢。而我做过最蠢的事，就是试图去改变阿熙。

女孩爱浪子，是因为她们觉得倘若自己能让浪子回头，带来的成就感将是无与伦比的。

阿熙并不笨，有些我为之冥思苦想良久的数学题，他漫不经心就能解出来。他只是单纯贪玩，对学校教育厌恶。现在想来，厌恶是正常的。

他对我胡乱答题以退回到角落隐隐不安，曾经半开玩笑地对我说：“不如我勉强一下，下学期坐到前面去吧。”

他说到做到，上课时不再一味睡觉，偶尔还会一本正经地做笔记。他天资聪颖，但毕竟落下了太多功课，不是说追上就能追上的。我见他当了真，便主动申请课后给他补习。

补习地点定在阿熙家。我在客厅给他讲解功课，两个人时不时露出昵昵小儿女的亲密之状，阿熙妈妈偶尔会撞见，却并不责怪，反而无声无息地退去，像是默认了我们的关系。

功课做累了，阿熙妈妈会适时地端上一碗甜品，热情地招呼我们吃。她做得一手好甜品，桂花莲子羹尤其清甜可口。我埋头吃甜品时，阿熙会飞快地在我颊上一吻，然后又迅速地坐直身子，做若无其事状。我也装做不在意的样子继续吃甜品，只是送进嘴中的桂花莲子羹愈发甜得腻人了。

对于阿熙的转变，连身为旁观者的小倩都羡慕不已，感叹说：“看来阿熙还真像杨过啊，以前是万花丛中过片草不沾身，现在一认起真来，马上就变成了情圣。”

我笑着否认，心里却隐隐骄傲。人年轻时容易自以为是，我的关注力全放在阿熙如何为自己改变上，却忽略了他心中暗藏的厌倦和懈怠。

所谓成也萧何，败也萧何，促成我们在一起的是那个校花，最后我们分开，还是因为她。或者说，是因为我的自卑和妒忌。

那年有部电影忽然到小城来取景，需要选一个女孩做临时演员。这在我们学校引起了哄抢。最后剧组毫无疑问地选中了校花同学。

校花在那部电影中大约露了十秒钟的脸，说了一句台词，但她在小城人民心目中已经成了一颗冉冉升起的新星。就是这颗新星，在溜冰场楚楚可怜地请求阿熙教她滑冰。然后我看着他们手牵着手滑行，那么登对，我妒忌得恨不能马上死去。当场发作不符合我的个性，我默默地走了出去，疯了一样冲回家，烧掉了阿熙送给我的所有礼物。

“方辛辛你能不能别这样无理取闹！”

这是我提出分手时，阿熙对我吼出的最后一句话。

其实我多么希望告诉他，一个女孩子跟你说分手，只不过是想要你说出：别走，我爱你。

他没有挽留，我也没有回头。

我们都无比骄傲，总觉得前面还可以碰到更好的人，而事实上，能让你深爱到多年以后还会想起的人，那么少。

6

演唱会还剩下三分之一，又一首触动人心的歌——《时光倒流二十年》。

时光倒流到二十年前，我只有十岁，整天和“糖豆”在乡下追逐，我不知道，几年之后，我会碰到一个叫阿熙的少年。

离开阿熙之后，我又遇到过几个不温不火的男人，谈过几次不咸不淡的恋爱。

我不是常常想起他，只是有那么几个瞬间，会忽然记起他的脸。

有一次，我和某任男友去听音乐会，是从匈牙利来的著名乐团，演奏水准据说很高，男友托了很多关系才弄到两张票。我穿着他送的小礼服，坐在西装革履的他旁边，平生第一次如此淑女。在听到《康康舞曲》时，我差点笑了出来。男友不开心地看着我。

他不知道，我心里正在翻滚着的画面是，古天乐抱着吉他，放声高唱：“来来，我是一只菠萝，萝萝萝萝萝萝……”

阿熙，若在我身旁的是你，一定会明白我在笑什么吧。

另一次，在一个小饭馆吃饭，恰好有个电视台在放《笑看风云》，那一集是说包文龙向烧得满身裹着纱布的林贞烈求婚。同座的 90 后小姑娘撇着嘴说：“唉呀，拍得太假了！”我附和着说：“是啊，好假好假。”眼里却陡然一湿，要极力控制住才能不让泪水掉下来。

阿熙，这一刻，我是多么思念你。

阿熙，这些年来，你流浪过几张单人床，是否会和我一样，常常感到天大地大，如此寂寞。

阿熙，阿熙，你在哪里？你可有想我？

日子过了那么久，久到香港都回归好多年了，久到我们都变成了平庸的成年人，面目模糊，神情疲倦。

成年后我终于南下，与向往的香港隔着一条河。

那个世界仿佛在一夜之间失去了它的光彩，全中国人民不再学唱粤语歌，广州都在讨论是不是应该废除粤语节目，亚视撑不住倒闭了，TVB 也在摇摇欲坠中。

我在一家报纸做娱乐记者，就是常常被叫作“狗仔队”的那种人。华仔开过录像厅，倒闭了，卖过盗版碟，也不行了，现在听说在片场打打杂。小倩没有当成电影明星，倒是去了一家电视台，靠山寨港台节目成了制作人，还搞了几档王牌节目。

阿熙你看，我们好歹都和娱乐事业沾了边是不是。

还有那个校花，你还记得她吗，她倒是真的进入了电影界，不过一直都在跑龙套，还听说她整成锥子脸了，多可惜啊，她古典精致的鸭蛋脸曾让我那么妒忌。

如果时光可以倒流，我多么希望能够穿越到你的童年，陪着你一起长大，见证你所有成长的片段。

“拿着你相簿，从头细看，你六岁那年，已是我偶像。”

7

演唱会就要接近尾声了，陈胖子在台上投入地唱着《夕阳无限好》。

阿熙，我没有想到，多年以后，我居然真的可以再见到你。在山西平遥一家不知名的酒吧，你坐在台上，抱一把吉他，从《今宵多珍重》一直唱到《千千阙歌》。

酒吧里有人喝多了，不耐烦地冲台上的你吼：“唱什么鸟语！

给爷来一首《北京一夜》！”

你仍然唱自己的歌，丝毫不为所动。

岁月给你添上了两道法令纹，可你的眼神依然清澈如赤子。

我坐在角落里，紧张得全身发抖。

曲终人散后，你一步一步走到我面前，脸上仍旧是懒洋洋的笑容。你笑着问我：“方辛辛，今晚的歌好不好听？”

我才知道，原来你早知道我在，原来那些歌都是唱给我听的。那你一定也看到了，我身边有个男人，他和我的婚期定在下个月。

听小倩说，你现在在一家公司做着白领，唱歌只是你的业余爱好。她曾经鼓动你参加她策划的一档选秀节目，你拒绝了，你说你只是爱唱歌而已。你果然一点都没变，就像当年一样，你明明聪明绝顶，却不屑做老师眼中的好学生。

我就要结婚了，所以叫上你们三个一起去香港红馆听演唱会，阿熙，这是我用来和你告别的方式。我是如此爱你，以至于无法承受再一次失去你的风险。

我们最爱的其实永远是谭咏麟、张国荣、梅艳芳、张学友他们那一代的歌星，可是他们有的已经陨落，有的渐渐黯淡。

少年和偶像都已老去。

不过没关系，还有陈奕迅嘛。

你听，他在唱《明年今日》，他的声音多么深情细腻。

“明年今日未见你一年，谁舍得改变离开你六十年。但愿能认得出你的子女，临别亦听得到你讲再见。”

唱完这首歌，演唱会就结束了，已经有人提前离场。这时我看见，一只手越过人群向我发出了邀请的姿势。那是你的手，阿熙，原谅我如此软弱，我不知道该不该让自己的手迎上去握住你的。

陈奕迅在唱：“在有生的瞬间能遇到你，竟花光所有运气。”

第3章

万物皆有缝隙 那是光进来的地方

—废物

—彩虹指甲

—大师

—韶华

废物

当我遇见朱槿的时候，她已经不再年轻了。

我是在春夏之交来到这座城市的，那是南方最美的季节，满城的凤凰树都开花了，绿叶细如碎羽，开放在其上的花就像一簇簇火焰，灼得人眼睛生疼。

我当时二十出头，随身带的行李还装不满一只皮箱，想起未来时，倒是挺笃定的，自信“天不负人”。

报到那天，我坐了一夜的火车，连脸也顾不上洗就直奔目的地。推门进办公室时，满头满脑的汗，骤然遇到冷气，不禁打了个寒战。

我向大家问好，又鼓足勇气自报家门。坐在格子间享受冷气的人们抬头淡漠地看我一眼，就继续忙活了。

这些淡漠的人中，就有朱槿，后来她说，那天我挂着一脑门子汗冲进来，生机勃勃的，活像一头小兽——刚刚长成想要抢占山头的小兽。

而我已经想不起第一次见朱槿的情景了。我对她有印象，是在来之后不久的一次工作例会。会上，总编例行布置这个月的任务，大伙儿忙着报选题，我拿着笔记本，把他们说的话一丝不苟地记下来。

朱槿就坐在我的旁边，也低头在本子上写写画画。我用余光瞟了一眼，发现她原来并不是在做会议记录，而是在画素描，本子上有个人像，我吓了一跳，没敢再细看，悄悄侧过了身子，想挡住她，以免领导发现她开小差。

她倒是毫不在意，会开到中间还打了个哈欠。好不容易捱到开完会，我好奇地问她画的是什么，她大方地把本子推到我面前，漫不经心地说："会场现形录，随便画着玩儿的。"总编的脸在她笔下只剩下了一张大嘴巴，我还想细看，她已经迅速把本子收了回去。

这个朱槿，真是有点儿奇怪。在我们这个竞争激烈的行业中，每个人都像打了鸡血似的，想停也停不下来。可她呢？总是一副懒洋洋的样子。说她有个性吧，她连抵抗的姿态都懒得摆，只是一味地懒洋洋。

老实说最初她吸引我的就是这份懒洋洋。作为一个整天为采访写稿焦虑的行业新人，我很想知道，她是如何做到对一切都无所谓的。

我断定朱槿会是个有故事的人。

直觉没有骗我。果然，我从人们的描述中，慢慢拼凑出她曾有的传奇。在人们口中，年轻时候的朱槿聪明轻佻，在业内以特稿出名，平时则周旋于各类圈子中，写最先锋的小说，和最有才的男人恋爱，她还会拉小提琴呢。

可惜的是，我遇到朱槿的时候，她和文学的黄金时代都已经过去了。我只能凭想象还原她曾有的风情万种，也许只是想象而已。现在的朱槿，穿朴素的仔裤 T 恤，平底鞋配黑框眼镜，看不到一点风情万种的痕迹。她远远不能称得上“美”，顶多算是“有味道”，穿七分裤的时候，脚踝处会露出一处刺青，刺的是只蝙蝠。

我总觉得，真实的朱槿就藏在这些细节之下。书上说得好，张恨水的理想可以代表一般男人的理想。他喜欢一个女人清清爽爽穿件蓝布罩衫，于罩衫下微微露出红绸旗袍，天真老实之中带点儿诱惑性。朱槿身上的蝙蝠刺青，笔下的会场速写，就是那微微露出的一角红绸旗袍吧，让人想掀开她的蓝布衫一探究竟。

抱着这样的好奇心，我慢慢靠近了朱槿，没事儿就在线上缠着她问这问那的。她对我的接近并不抗拒，当然也谈不上多热情，因为我问题多，她打趣我不如改名叫“十万个为什么”算了。我喜欢她偶尔流露出来的俏皮劲儿。

刚来那时候，我四处租房子，换了几处都不理想，一次房东中途要加租，正烦恼时，朱槿忽然说：“不如搬来和我住，你出一份房租就好，反正空着也是空着。”

她独自住一套两居室。

我大喜过望，拎着只箱子就搬了过去。朱槿站在楼道里等我，灯光照在她脸上，半明半灭，她看上去有点儿疲倦。

那夜我们并没有秉烛夜谈。

南方的夏夜溽热难当，我在床上辗转反侧，听见小提琴的声音从隔壁传来，深夜的乐声如泣如诉。直到很久后，我才知道她拉的曲子叫《亚麻色头发的少女》。

恰好我有一头亚麻色的长发。

我们的合居生活很平静。朱槿大部分时间都待在家里，很少出门，工作只是去应个卯。现在，她已经不写特稿了，写的都是一些边角料，来看她的朋友也很少。这样的生活，在我看来未免太过凄清了，她却安之若素。

我呢？刚进这个行业，正是力图扬名立万的时候，每天都在外面跑，忙得脚不沾地，回到家里常常已经是深夜。朱槿也睡得晚，房里总是开着一盏灯。我经过她的房间时，会屏住呼吸极力捕捉声音，通常都是安静的，偶尔有点儿音乐声，也轻得若有若无。

不忙的时候，我有时会在家里待上一个下午。看看书，发发呆，听听歌，看朱槿拎着一只洒水壶，在阳台上浇花。一阳台的花花草草，在她的精心照料下，长势都很可喜。

我也挺喜欢莳花弄草的，但是，那不应该是退休后才应该做的事吗？从背影来看，朱槿的腰依然纤瘦，她到底有多少岁？三十？三十三？还是更老？

我们交谈并不多，有时我在客厅看港片，她就待在房间里听昆曲，倒是两不相扰。她偶尔也烧饭叫我一起吃，都是些清淡的小菜，她看着我吃，自己很少动筷子，偶尔会喝点儿梅子酒，她只有喝得微醺的时候话才会稍微多些。

天气好的黄昏，我们一起出去散步。这座城市的晚霞很好看，霞光把凤凰花染得血一般，我们在满天彩霞中慢慢地走着，有时交谈，大多数时候并不。我们从不牵手，我讨厌女性之间过分亲昵的肉体接触，朱槿好像也是如此。

我在客厅看书，朱槿经过瞟了瞟我手中的书，嘴角浮现一丝浅笑："你看言情小说？"她笑吟吟地问我。

我想起她书架上的那一排卡尔维诺、博尔赫斯，有点儿羞惭，嘴里却不服气地抢白说："亦舒写的才不是浅薄的言情小说。"

朱槿也不跟我争。等到我午睡醒来，她已经把一本《如果墙会说话》（亦舒作品）读完，拉着我说了一通结构语言什么的。我其实没注意到这些，只是单纯觉得亦舒文字流利、故事好看罢了。再推荐她看更经典的《流金岁月》《玫瑰的故事》，她反而觉得一般，不过倒是慢慢能接受我看亦舒了。

为了表示我不那么浅薄，第二天我拿了砖头厚的《镜花缘》在客厅啃，朱槿接过去乱翻了一通，认为前半部有趣，后半部乏味，不如腰斩一半。

我告诉她历史上有人这样腰斩过《水浒传》，后来那个人真的被腰斩了。

“所以嘛，做人何必多事。”朱槿伸了个懒腰，她就是这样，动不动就嚷着疲倦。

她最喜欢的作家是杜拉斯，奉之为精神导师。我左看右看，不觉得她在精神气质上和杜拉斯有多少共通之处，清心寡欲得倒像是老庄的传人。

她当然也写东西，只是写得慢而少。她给我看过年轻时写的小说，说的是少数民族部落的故事，字里行间能够嗅到巫风。

我并不是太喜欢这样的小说，不过还能看出是好东西，于是劝她多写。她呢？自然是听不进去的，偶尔也写一两个中短篇，写好后存进电脑里，既不发表，也不给人看。我替她惋惜，她笑笑说：“等你到了我这个年纪，就会发现，没有什么非写不可。”

我不知道我会不会有那一天，至少我现在明白不了。我每天起早贪黑，辛苦工作，回来后还挑灯写作，到处投稿。不是不辛苦的，可我自我感觉还好，总觉得会有一个光明的未来等着我。

有次写得累了，从电脑前抬起头来，看见朱槿正倚在门边，手中是一杯给我的绿茶，她看着我，忽地说：“方辛辛，看见你，就会想起年轻时的我。”

我狐疑地看着她。

朱槿把茶递给我：“看不出来吧？谁年轻时没有努力过呢？”

“是什么时候放弃的呢？”我问。

朱槿说：“可能是发觉到自己无能为力的那一天吧。有那么一天，你会发现，任凭自己竭尽全力，还是没办法做出一丝一毫的改变。”

我问她：“既然已经付出了那么多，为什么不再坚持一下？”

“你还年轻，还有力气，我的力气已经用光了。”朱槿端起给我的那杯茶喝了一口，说，“认识到自己的无能为力也没什么不好，因为这样就不用再挣扎了，也不用再抱种种不切实际的幻想。”

她看上去那么心平气和，我也喝了口茶，心想：我永远都不要变得这么心平气和。

这样静静相对的日子并不多。

我太忙了，忙着工作，忙着写稿，忙着交际，还要忙着谈恋爱。

人年轻时气血旺，除了恋爱外，没有更好的途径来发泄无处存放的精力。

我喜欢上了一个男人，是业内知名的才子，他说他可以帮我向最知名的杂志推荐小说。他生着一双微微上挑的桃花眼。据说这样的人招桃花，可是谁在乎呢？我喜欢他在人群中有意无意地凝视着我，眼睛里都是情意，“满堂兮美人，忽独与余兮目成”。

一天晚上，他送我回家，在楼下踟蹰着不肯走。

我抬头看看属于我和朱槿的那扇窗，灯光还在亮着，心里像是有蚊虫啮过，明明有些害怕，我还是对他说：“不如上去坐坐。”

那天晚上他自然没有走。

他走了后，朱槿来到我的房门前，叫我的名字：“方辛辛，我跟你说过，你在外面怎么都可以，但不要把男人带到这里来过夜。”

她只在特别慎重的情况下才叫我的名字。

我应该道歉，可是不知怎地，我反而挑衅地看向她说：“不要告诉我你从来没有带过男人到这儿来过夜。”

话一出口，朱槿的脸都白了。

不用她说，我也会搬走，我的行李不多，一只箱子而已。我拎着箱子走出去时，她待在卧室没有出来。

我没有别的地方可去，只能搬去和那个男人同居。

日子过得又快又忙碌，我几乎忘了朱槿。办公室她来得更少了，开会的时候碰见，她的脸色淡漠如常。有次深夜加完班回家，经过她楼下，习惯性地抬头仰望，不出所料，那里亮着一盏灯。朱槿在做什么？她阳台上的花开得可好？她一个人也会做饭吃吗？她还会拉那首《亚麻色头发的少女》吗？我走了之后，还有谁可以陪她在晚霞中散步？

朱槿朱槿，我们何以至此？

我不敢再停留，低下头疾疾走过，耳畔好像又听到了细若游丝的小提琴声。

凤凰花谢的时候，我失恋了。

我的工作没有起色，我的小说没有发表，我爱的男人不爱我了，偌大的一个城市，我再次无处可去。

我拖着箱子在街上走，不知不觉中，就走到了朱槿的楼下。我走了进去，楼下的保安还认识我，亲切地冲我点头微笑。

我咬咬牙，按响了她家的门铃。门开了，朱槿站在门边，脸色如常，既不惊愕，也无欣喜。

“朱槿！”我叫出她的名字，眼泪倏地掉了下来。

“你回来了。”她侧身把我让了进去，轻声对我说，“你先洗把脸，我做饭给你吃好不好？”

我坐在客厅里，朱槿在厨房里忙碌，一切都是老样子，连我房间里的蚊帐都没有收起。我急急走到阳台上，看那几盆花，都还开得正艳，不禁轻轻吁出了一口气。

朱槿什么都没问我。她只是静静地给我夹菜，静静地喝酒，好像我从来没有离开过。

饭后我看书，她浇花，收音机开着，有个苍凉的女声咿咿呀呀地唱着粤曲。所谓“天荒地老”，便是如此吧。

日子原本可以一直这么过下去的。

如果不是我太年轻、对世界欲望太过强烈的话。

我先后又交往了几个男人，只是不再带回家。男人们来了又去，只有朱槿是永恒的。

我逐渐感觉到我和朱槿是完全不同的两类人。我有野心，她没有；我还想征服世界，她早已放弃了。

一个人一旦开始自我放逐后，就会招来他人的轻视。午间休息时，我听见有人在背后议论，说：“她现在写稿子都是敷衍了事，这么下去不如调去做校对算了。”

“人家以前可是专写特稿的。”

“还特稿呢，我看是特别能搞，现在人老珠黄，男人都搞不动了。”

我铁青着脸走出去，将门摔得震天响。

回到家里，见朱槿趿着凉拖，施施然正在阳台浇花呢。我突然来了气，伸手夺过她手中的水壶，质问她：“你就打算这样过一辈子吗？”

“这样不好吗？”她很惊讶。

“好好好，简直好极了。”我气得眼泪都来了，说，“别人都在想着要出人头地，你呢？就甘心做他人脚底下的泥。你不知道，别人背后都怎么说你！”

朱槿双手抱着肩，气定神闲地说：“他们说他们的，我不想知道。”

我想起那些难听的话来，万箭穿心，想说话又哽咽住了，一张脸涨得通红。

“辛辛，你别这样，为那些人气成这样不值得。”她给我拍背。

“我是为了他们吗？”我几乎要哭出来，一句话到了嘴边，我咬紧牙关，不让它吐出来，“我是为了你，朱槿，我是为了你啊！”

我终究没有说出口。

后来想想，在她和我决裂之前，裂缝就已经出现。我说过，我们是完全不同的两类人，想必朱槿也已认识到这一点，所以，她离开的时候才会那么决绝。

那年我得到了一个评奖的机会。

现在回头来看，所谓“机会”，渺小微茫得不值一提。可是那个时候，就好像武陵源的那个捕鱼人，沿着逼仄曲折的小道走了很久很久，忽然看到前面有一个洞穴，仿佛若有光，再往前走，就会迎来豁然开朗的境界，于是不顾一切都会朝着光芒所在之处扑去。

所谓评奖，其实只不过是一场游戏而已，游戏的主导者，据说是业内的某位权威。

我抱着“不成功便成仁”的想法去拜访他，我甚至想，只要他想，我可以献出自己。

事实上他对我并不感兴趣，倒是在我提起和朱槿同住时，眼睛微微亮了一下。

登门拜访无功而退。

那一阵我无比焦躁，整天在外面跑，偶尔回到家里，也会抱着酒瓶子喝得大醉。

一天我正在喝酒，朱槿走过来劝我，说：“只不过是一个奖而已，没必要如此当真。”

我嘿嘿笑了，醉眼迷离地看向她说：“不当真？难道你要我像你一样，甘心呆在家里做个一事无成的废物吗？”

朱槿的脸一下子白了。这是我第二次看见她的脸色如此苍白。

我顿时清醒了，抓住她的手不断说“对不起”。

朱槿抽回手，静静地问我：“这个奖对你真的这么重要吗？”

我点了点头。

一个月后，我如愿拿到了奖项。付出的代价是：朱槿再也没有和我说过一句话，直到她彻底离开这座城市。

后来我才听说，那个评奖游戏的操纵者，对朱槿觊觎已久。我不知道，她为我的获奖做过什么，我宁愿相信，她什么都没有做。

朱槿离开了这里。

她曾经说过：“任何工作的本质都是一样，所以即使厌倦了，也没必要折腾着换工作。”

可现在她辞职了。

没有人知道她的下落。她像空气一样消失了。我试图打听过她的消息，最终还是杳无音讯。

报纸仍在出，工作仍在进行，我依然勤奋上进犹如铁姑娘。

每天我上班、下班、吃饭、睡觉，和同事之间仍然保持着淡如水的交往。

我想我是成熟的人了吧？因为我看着朱槿转身离去，却并不曾伸手拉住她，甚至连泪也不曾流。

可是我的心，它真的一点都不疼痛吗？

更多的时候我只是感觉疲倦，感觉呼吸困难，朱槿的离去像一个信号，预示着我在这个城市必将如飞鸟掠过天空般了无痕迹。

人生就是如此奇妙，很多时候命运就在现世轮回。

很多年以后，我已经不再年轻了。以前觉得重要的东西，现在看起来都有如浮云。我早就不再拼命了，因为我终于认识到，一切努力到最终都是徒劳。所谓“豁然开朗”，只是成人童话中才会出现的奇迹，人生就是弯弯曲曲永无止境的小道，走过去了，前面还是小道，没有什么“豁然开朗”。

我们没有办法改变什么，我们连心爱的人都无法挽留，不是吗？

事到如今，我已经活到了相识时朱槿的那个年纪，曾经以为，到了这个年龄，我应该拥有了一切。可事到如今，我还是两手空空。

朱槿的影子没有随着岁月的流逝淡去，反而越来越清晰。我总是设想，有一天，我们重逢了，我会走过去，笑着告诉她："看，我也成了一个废物，我们其实是同一类人呀。"

带着这样的幻想，我继续活下去。

彩虹指甲

阿飞姑娘是我朋友圈中的一朵奇葩。

有句话说“十八的姑娘一朵花”，“姑娘”两个字似乎总是和“水灵”“青春”这些词联系在一起，阿飞显然不在这个范畴之内。

她在一家杂志社做编辑，闲时也写写八卦专栏，专栏中总是自称“本姑娘”。社里一个没长什么心眼儿的小姑娘见了，忍不住对她说：“阿飞老师，您以后可不可以别自称‘本姑娘’啊？”

小姑娘这话说的，明显是提醒她岁月不饶人啊。

阿飞心里“咯噔”一下，脸上却不动声色，笑眯眯地回答：“我们楼下三岁大的BB仔，见了我仍然叫姐姐呢。”广东这边有个风俗，不管你年纪多大，没结婚的一律叫哥哥姐姐。

从此以后，任凭她再把“本姑娘”三个字挂在嘴边，没有人再敢挑半点刺。

说不清她有多大了，有类女人就是这样，过了三十岁后年龄成谜。阿飞来自云南的一个少数民族，人长得精瘦，平常披红挂绿，喜欢色彩艳丽的服饰，皮肤晒得微黑，一身亚热带的高原风情。

这样的身材打扮经得起老，就像她的云南老乡杨丽萍一样，过了某个年龄，时光就对容颜失去了效力，出现在人前永远是那个样子。只有和新鲜面孔对比时，才会觉出她们确实不年轻了。杨丽萍的参照物是小彩旗，阿飞姑娘的参照物是她女儿。

她女儿已经念初三了，俨然已是大姑娘的模样，活脱脱一个青春版的小阿飞。母女俩感情很好，阿飞经常带着女儿随一帮驴友去爬山、旅行、做素拓，玩得花样百出。国产电视剧里的单身母亲总是满面愁容地望女成凤，阿飞可不这样，玩儿似的就把女儿带大了，还带得特别开朗，眉宇间一片舒展。

女儿运动棒、口才好、爱交际，就是成绩差点儿。可是阿飞并不在意，她觉得孩子健健康康、快快乐乐的就挺好，也不奢求她将来有什么大出息。

阿飞姑娘结婚结得早。

少数民族好像都这样，流行早婚。

她大学一毕业，就稳稳当当地分配到老家政府，紧接着就稳稳当当地嫁了人。一年后又有了女儿。

丈夫是机关的同事，长得体健貌端，一米八几的大个子，为人老实诚恳，对她特别好。阿飞说：“年轻时虚荣心强，找对象不看别的，就希望找个个子高的。”她本身一米六八，婚后两个人走在街上，都是高高的个子，男的帅气女的漂亮，谁见了都会多看两眼。

可日子久了，她逐渐发现，走出去好看并不足以构成婚姻的全部。婚姻里总还要有点儿别的什么东西，比如说可以在一块儿聊天，可以一起牵着手去远足。

女儿六岁那年，她对现有生活的厌烦到达了顶点。工作还是那样，清闲得要命，每天就是喝喝茶看看报纸。老公呢？还是一如既往地对她好，早上起来送女儿，让她在被窝里面多睡会儿；冬天不让她沾冷水，连内衣内裤都给她洗好了。

这样的生活，谈不上不好，只是无趣，无趣到了她想逃离。

她执意要离婚，丈夫吃了一惊，恳求她说：“是不是我哪里做得不好？我可以改啊。”

阿飞摇摇头说：“不是你不好，是我不好。”

排除万难总算离了婚，除了女儿她什么都没要。丈夫说要把房子给她，她说：“不用，反正没打算在这里待了。”

她辞了职，带着女儿坐上了来广东的飞机。那是她人生中第一次坐飞机。丈夫，现在应该说前夫了，一直送她们到机场。

多年以后，说起她的这位前夫，阿飞姑娘还是有点儿歉意，她说："后来再也没有遇到过像他那样对我好的人。"

"后不后悔？"

她笑笑说当然不。

一个单身女人独自带着个孩子，又要找工作，又要照顾孩子，开头肯定挺艰难。

可是阿飞提起那段日子，总是轻描淡写，说没吃过太多苦。其实熟悉她的人都知道，她来广东换了两个城市好几份工作才安定下来，一开始住在租来的平房里，台风天房子里满屋都是水，换了别人，早和女儿抱头痛哭了。阿飞没有哭，而是用锅碗瓢盆和女儿在房里玩起了水面漂流的游戏。直到后来她们搬进了自己买的房子，女儿还对这段经历念念不忘。

她就是这样，对世界永远葆有好奇心，从来都不会让自己变得很苦情。

陆续换了几个工作后，阿飞到了一家时尚杂志社做编辑。人们都说，没有什么工作比做时尚编辑更适合她了，她的年龄一天天增长，身上的衣服饰物却永远都是时尚风向标。她并不追求名牌，而是喜欢在网上淘衣服，由于身材好，品位也不俗，她能够把一件几十块的衣服穿出大牌的味道来。

这么时髦，长得又不赖，自然有人追。这么些年，她一直没有结婚，当然也没闲着，男朋友换得走马灯似的。有人劝她在中间挑一个老实可靠的结婚，她笑着说："本来有个现成的老实人，我都放弃了，现在又来找个老实人干什么？"她说："我太年轻就急急忙忙结了婚，现在好不容易有了享受恋爱的机会，非得好好地品尝下恋爱的滋味不可。"

她就这样每天打扮得花枝招展的，和各色男人约会，谈着一场又一场明知道没有结果的恋爱。

也有人说她的男朋友大多不靠谱，她撇撇嘴辩驳："要那么靠谱干吗？我又不是要和他过一辈子。都是成年人嘛，在一起开心就可以了。"

说是这么说，其实女人大多心底还是渴望能有一份天长地久的感情，阿飞也不例外。她只是看起来有很多选择，其实真正可供选择的人并不多。我们这个社会的风气就是这样，对于离婚女人，大家嘴上不说，心里多多少少都有几分想法。谈谈恋爱是可以的，没几个男人真想娶回家。

就在阿飞对婚姻基本不抱希望的时候，一个愿意给她婚姻的男人出现了。

他们是在酒吧认识的。

阿飞姑娘是个社会活动家，除了本职工作外，还身兼驴友俱乐部负责人、志愿者小队长等数职，偶尔兴致来了，还会去酒吧客串一下驻唱歌手。

那天晚上，她和几个朋友喝高了，跑到酒吧舞台中心，抢过话筒就喊了起来。那是真正的“喊歌”，阿飞姑娘一个人又唱男声又唱女声，把一首云南相思小调唱得风骚无比：

“正月想妹正月正，泪滴胸前湿衣襟，拿来板凳坐不稳，抬起脚来走不成。

“正月想郎正月正，过年菜饭味难吞，端起碗来想起郎，眼泪泡饭吃不成……”

阿飞的声音不是特别甜，沙沙的，有一种慵懒的性感。一首山歌唱得彩声四起，把酒吧里一群男人的心撩拨得痒痒的，其中有个大胆的，拿了吧台上摆设的一束花就上去献花。

阿飞也不恼，大大方方地接受了。

都说爱泡吧的男人十个有九个坏，这一个却偏偏是身家清白、人品端正的钻石男。他是本市一家外企的高管，有过一次短暂的婚姻，恢复单身已经很多年了。

也是机缘巧合，他本来不常泡吧的，那天被朋友拉了去，见识到了阿飞的热辣率真，一下子对上了眼。在他这个年纪，也算是阅女无数了，什么样的女人都经历过，可阿飞和他以往的那些女友有点儿不一样，她明显是那种有故事的女人，却一点儿都不世故。她不是个保守的女人，可也不像看上去那么开放。这样的女人，有如红酒，初入口时醇香绵软，细细品味后劲十足，而且具有丰富的层次感。

阿飞呢，对这个男人也很满意，一度学周迅向朋友们宣称“他满足了我对男人的全部幻想”。她交过的那些男朋友中，有钱的有，有貌的有，有情调的也有，可能够将这些完美整合的，还只有此君了。

都是曾经沧海的人，没有那么多忸忸怩怩，两个人很快进入了谈婚论嫁的实质阶段。

阿飞这边进行得很顺利，女儿几乎没怎么抗拒就接受了这位叔叔，私底下还对她说：“你总得找个什么人结婚，不然以后我去其他城市念书了，谁来陪你啊？”把当妈的感动得眼泪哗哗的。

男人这边呢？尽管他没说什么，阿飞还是能感受到一定的阻力，都要定终身了，他还没带她上过门呢。

终于有天，男人郑重地邀请她去他家做客，还特意叮嘱她：“不用买什么礼物，更不用刻意打扮。”

阿飞当他客气，礼物自然是要买的，打扮更不能松懈。又不是二十出头的小姑娘了，素面朝天就能出去见人。

她挑出了平时最喜欢穿的裙子，化了淡妆，还特意去美容院做了美甲。

登门拜访那天，她隐隐感觉到对方父母热情度不高，勉强在客厅里坐了十分钟，寒暄的话都说完了，场面就有点儿冷。

他妈妈招呼她喝茶，她伸手去接，他妈妈看见她伸出去的那双手，禁不住惊叫了一声。

她不解，低头去看自己的手，十个手指的指甲上，都涂了不同颜色的指甲油，指尖上像是有彩虹在闪烁。明明是很完美的一双手啊，为了这个效果，她还花了一笔不菲的费用在美容院里消耗了大半天呢。

客厅里的会晤就这样不可救药地继续冷场下去了。

送她回去时，他随口说："来之前我不是跟你说过了吗？不要刻意打扮。"怕她生气，忙又加上一句："不过没事儿，下次来注意些，穿得朴朴素素的就可以了。"

她笑了笑，表示接受他的意见。其实心里很清楚，不会再有下次了。活到她这个年纪，已经不可能为取悦他人去改变自己了。何况，改变了也未必能够取悦。这次他们是挑剔她的彩虹指甲，也许下次就变成了挑剔她的婚史，挑剔她的年龄。这些都是她无法改变的。

男人再约她出去，她随便找个理由就回绝了。多了几次，他就不再坚持。这世界上的女人那么多，要找一个穿得朴朴素素的还不容易？如果找到了，她祝他们百年好合、白头到老。

至于她自己，她终于发现，或许她并不只是对某一个男人失望，她压根儿是对婚姻本身失望。婚姻的本质就是妥协，方方面面形形色色的妥协，而她，至今为止没有学会过妥协，以后当然也不打算学了。

没有结成婚，阿飞还是像以前一样，披红戴绿，每天都活得兴兴头头。不用旁人说，她自己也开始感觉到变老了。以前，男人们总是旧的还未去，新的就来了，现在竟然出现了真空期。

不过没关系，她还有女儿呢。

女儿就要中考了，阿飞给她请了一个大学生家教。小伙子很尽责，说好每次两小时，有时能给女儿辅导上三个小时。

结算工资的时候，阿飞要多给他一些报酬，大学生执意不肯，推让间两人的手碰在了一起，他连忙避开了，脸上就有点臊，看她的眼神亮亮的，像有火在燃烧。

这样的眼神，阿飞以前是见惯了的，不过在一个比她小十几岁的年轻男孩脸上见到，还是头一次。

“阿飞姐姐，有件事想跟你商量一下。”他嘴真甜，知道叫她姐姐。

这小家伙，他不会想约她去看电影吧？现在的年轻人呐，胆子可真大。阿飞看着他笑了，是略带着鼓励的微笑。

吞吞吐吐了好一阵，男孩终于说清楚了他的意思，他想约阿飞的女儿出去玩，因为阿飞的女儿说“先得征求妈妈的意见”，所以他就来问她了。“阿飞姐姐，你肯定会同意的对不对？我知道，你是个开明的妈妈。”

“可以啊，不过晚饭前要回来哦。”阿飞还是笑，这次更多的是在自嘲。

她当然是个开明的妈妈。

男孩和女儿欢天喜地出去了。

阿飞一个人在家看碟片。

是部老片子，张艾嘉自编自导自演的《20 30 40》。片子的结尾，张艾嘉饰演的那个40岁的女人拿着剃毛刀，对着镜子一遍一遍歇斯底里地说："我是个被抛弃的女人！我是个被抛弃的女人！"地震突然来临。惊慌失措后，她终于平静地对自己说："我就是一个被抛弃的女人。"然后从容地举起胳膊，开始剃腋毛。

是啊，就算被抛弃了，也得剃腋毛啊。

黄昏的光影里，阿飞坐在阳台上，翘起一只手，慢慢地涂上一层指甲油，等晾到半干时，再涂上另外一种颜色，消失了一段时间的彩虹又在她指尖上闪烁起来了。

手机响了，是一个老男人发来了约她吃饭的微信。

男人总会有的，不是吗？就算没有，也得好好地涂指甲啊。

阿飞举起手来，眯着眼睛细细打量了一番，对自己的杰作很满意。

大师

大师是我的一位同行，在一家报社做摄影记者。

他当然是有名字的，可大家似乎都忘了他的名字，异口同声叫他“大师”，熟一点的会在“大师”两个字前加上他的姓，亲切地称他为“缪大师”。

有时在采访时遇见了，同行们会互相问好，当听到我们叫他“大师”时，周围人都会特意多瞧他一眼，这一眼之后难免露出几分惊讶，多半是因为他既不老，样子也不仙风道骨，和人们心目中的大师形象相去甚远。

岂止是不老，而且还相当年轻。干摄影是个体力活，得背很重的器材，得爬高爬低，年纪稍微大点儿还真吃不消，所以报社的摄影记者一水的年轻小伙子。大师才三十来岁，已经常常以“老人家”自诩。

他是客家人，老家在广东梅州。小时候看香港电影，印象中有个“小广东”就是长他这样的：不到一米七的个子，瘦瘦小小，皮肤有点儿黑，颧骨有点儿高，眼睛大，鼻子高，在广东人里面还是称得上“靓仔”的。

报社记者表面风光、内里焦虑，用广东话来说，这是个“手停口停”的职业，大家都是靠挣工分吃饭，可版面就那么多，很多人难免会为多上几篇稿子、多发几张图片争来争去。大师呢？还是很有风范的，他从来不争这些，有采访任务就去拍，没有的话偶尔会去扫街，拍些花花草草、猫猫狗狗，这些照片很少见报，倒是常常出现在他的个人博客上。

就是因为太淡定了，刚来的时候，他坐了两个月的冷板凳，差点儿要走人，还是因为当时实在是人手紧张，领导才叫他留下来试试看。后来在一次大型活动中，报社摄影记者全部出动，这种场合最考验人，因为无法以题材来取胜，靠的是眼力和技术。上百张图片传上去，他的作品被一眼相中了，领导这才发现，原来这个不显山不露水的小伙子，手头上是有真功夫的。

在业内，大师以“三不”闻名。

其一，不赶场。

为了挣工分，有些摄影记者一天接好几单活儿，跑到这里，匆匆忙忙拍几张，马上又赶下一场，匆匆忙忙拍几张。遇到活动方不给红包的，脚底下就像抹了油，溜得格外快。

大师呢？每天顶多跑两个采访，理由是“赶多了出不了好照片”。对于红包什么的，他是不计较的，有没有都拍得一样认真，甚至有时会把一些商业性质的采访让给其他同事，自己去拍些诸如“民间艺人巡游”之类的图片。有些活动，去到现场就知道照片是发不了的，他照样捧着相机一丝不苟地拍摄，不抱怨、不饶舌。

文字记者都喜欢他，搭伙分线口的时候，一伙人争着说：“让大师跟我这条线！”

他发的图片不多，质量都不次，可惜在报社，发稿量重于一切，所以他的工分每个月总是垫底。

其二，不摆拍。

摆拍就像假唱一样，早已经不是什么潜规则，而是人人心知肚明的显规则了。大师这点叫人又爱又恨，爱的是，这样拍出的照片更自然、更能为写的稿子增色；恨的是，不摆拍有时真的很费时间，记者们一个个每天急吼吼的，哪有那么多时间陪他来磨洋工？

爱也好恨也好，是改变不了大师的。他仍然坚持自己的原则，静默地守在采访现场，带着他同样静默的摄像机。

汶川地震那年，他所在的报社派出了两个摄影记者，回来后，其中一个交上了上千张图片，还出版了一本主题为“地震中的爱和希望”之类的摄影集，一时风光无限；另一个拍的照片本来就很少，而且见物不见人，照片中只有废墟，没有废墟里的人，领导看后觉得调子太灰了，一张都没有采用。后面这个人就是大师。

我们都替他可惜，问他为什么不拍点儿人物，他掉过头去说："太惨了，拍不下手。"再问为什么他同事却可以拍出那种带着泪光的笑容呢，他没有多做评论，只是回答："人和人是不一样的。"

坚持原则的代价是他被报社"雪藏"了，很长一段时间后，才有机会重见天日。那段时间，他的摄影博客还是照样更新着，发些最近拍的花鸟虫鱼，还有他做的客家美食，看不出有什么心理波动。

其三，不评奖。

新闻图片方面的奖项就不说了。他的一些摄影作品放在个人博客里，居然引起了一些摄影学会的注意，有拉拢他入会的，也有撺掇着他去参评各类奖项的，他说先考虑考虑。我们都知道，依他的个性，一件事如果要再三考虑的话，多半都没了下文。

很多人都想不通，评奖啊，多好的一件事儿，又不要费什么力。他的理由是自己的作品火候还不到，放在博客里自娱自乐就够了，没必要让太多人看到。问他想不想出名，他回答说："当然想，只是得拍得好才行。"在他看来，名过其实比没有名气还要糟糕。

大师之所以成为朋友圈公认的大师，除了他淡泊名利的作风外，还在于他对待感情的谨慎自重。

前面说过，大师一点儿都不老。作为一个风华正茂的小伙子，自然免不了爱慕异性。

刚认识他时，他是有女朋友的，有时会撞到他们两个人手牵着手一起散步。那是个长相很普通的女孩子，丢人群中绝对不会让人看第二眼，偏偏在他的镜头下却总是有动人的一面，每次在博客上看到他女朋友的漂亮照片时，总是免不了感叹："找个会拍照的男朋友可真好啊。"

听说他们是在云南认识的。大师入行的第一份工作是在昆明的一家报社，这个女孩恰好在云南念大学，在一次老乡聚会中对上了眼。

女孩也是广东人，广东这里的人有个偏见，总觉得中国之大，除了广东外都是穷地方，何况是云南这样的穷乡僻壤。所以广东人很少有出外闯荡的，大多留在家门口。女孩毕业后，父母给她下了道死命令，必须得回广东工作，最好是珠三角一带。

大师在云南本来过得特别开心，他喜欢那里一年四季蓝得透明的天，喜欢那里的汽锅鸡、米线、饵块，也喜欢那里质朴的民风和热情的居民。毕业后他也是违抗了父母之命才去往云南的，原本以为可以在那里住很久，后来还是为了爱情，不得不陪心上人回广东，这才来到了我所在的小城。

曾经和他们两人一起到同事家玩儿，新闻从业者多半是话痨患者，相比之下这对情侣显得特别沉静。女孩儿一进屋冲大家笑了笑就直奔书房，找本书静静地待了一下午。大师倒没闲着，走来走去扛个相机给大伙儿拍照。我们都觉得他们两个人很适合，吃饭的时候就笑着问他们："什么时候请吃喜糖呀？"女孩儿的脸红了，大师笑着回答："快了快了。"

这段在他乡结下的爱情，不料回到本地反而水土不服了。没过多久，传来了女孩儿和大师分手的消息。听说是因为家长的原因，她父母嫌大师话太少，性格太闷葫芦，对他的职业也瞧不上眼，认为做记者这一行不稳定，且没有前景。

话说回来，大师出身公务员家庭，父亲和哥哥都在老家梅州做公务员，家里有些人脉，也一直劝过他回去报考公务员。

这一次，大师没有妥协。女孩儿哭着问他为什么不为他们的爱情努力一次。他沉默良久，回答说："我习惯晚睡晚起，公务员每天都得早起上班，我受不了。"

女孩儿只得哭着离开了他，委委屈屈地听从母命去和一帮前程似锦的公务员们相亲。

临走时，大师送了她一本相册，里面全是他给她拍的照片，女孩儿伤心得又哭了。她知道，只有在他的镜头下，她才会如此动人。

毕竟还年轻，大师在失恋的伤痛中恢复得很快，不久后，他又喜欢上了一个女孩子。

这个女孩子是典型的白富美：海归、名校硕士、身高一米六八，父亲是当地政府的要人。难得的是家教好，处处以新人自居，待人接物谦和有礼，要不是知道内幕，根本看不出她是官二代。

大师和白富美经常一起出去采访，两人年纪相仿，又都有点儿文艺小清新的范儿，于是很快就走得近了。工作之余，白富美还经常缠着大师学摄影，一来二去的，就有人拿他们打趣。

本来只是取笑，大师却当了真。谁都看得出来，他看白富美的眼神，越来越灼热。

后来有次采访遇上，我开玩笑问他："怎么还不去表白啊？"

他自嘲说："人家是白富美，哪看得上我这种屌丝啊。"

也许他一直在为表白积蓄勇气，可没等他的勇气蓄满，白富美在报社锻炼完毕，回归到政府机关去上班了，他们之间的接触渐渐少了，他似乎错失了表白的最佳时机。

这次恋爱未遂好像比上次失恋给他的打击还大，最低谷的时候，他请了年假，开着自己的二手车，来了一次"说走就走的旅行"。

大师对云南情有独钟，只要一有假期，就会去云南。这次去的也是云南，当然不是丽江、大理这些游人如织的旅游景点，而是一些非常偏远的山区。他说："这辈子即使不能在云南生活，也得为云南人民做点儿什么。”

回来后，他晒黑了，人也瘦了一圈，眼神却恢复了以往的淡定。有人问起他那个女孩子的事，他平静地吐出四个字：“齐大非偶。”

他带回了为山区孩子拍摄的照片，开始试着和本地一些公益组织联系，希望能在那些地方建一所学校。

近年来，他习惯了一个人生活，总是叫自己“独居老人”。没再听说他追求过谁，倒是听说他养了一条叫大猫的狗，这条狗成了他摄影博客的主角，出镜率特别高。我们做朋友的，都特别希望能有个漂亮女孩来取代大猫的地位。

他倒是一点儿都不急，看他的架势，是打算和这狗天长地久地过下去。

我就没见过他为什么事儿急过，在我们这个急匆匆的时代，他就像是从遥远的古代穿越过来的，那时，人心还没有这么浮躁，人们还没有这么急赤白脸。

我常去他的博客逛逛，他拍的照片总会让人心里一静。对于摄影，我是个门外汉，不知道他的水平达到了哪个级别，可是在我心目中，他是个真正的大师。

韶华

很久未见的同学相聚，一位同学提起了韶华，说她可能离婚了。

“总算离了！”同学们都松了一口气的样子。

想起来，我都已经好几年没有韶华的消息了。她博士毕业了吗？可有新的爱人？晚上回家，忍不住在QQ上给她留了一段言。

没想到她居然在线，很快发回了一段话给我。她和以前一样温柔真诚，对那段逝去的婚姻毫不讳言。

想当年，他们曾经是文学院人人艳羡的神仙眷侣。如今落到这样的结局，真应了那句话：“世间好物不牢靠，彩云易散琉璃脆。”

我有点怅然，不禁感叹说：“坚持了那么多年，还是放手了啊。”

韶华发过来一行字：“你觉得痛就会放手。”

事隔这么多年，她终于可以坦然说出自己的痛楚了，以前她是多么隐忍的一个人啊。

我在岳麓山下学古代文学时，与韶华做了三年的同学。

韶华长发披肩，素面朝天，喜欢穿长及脚踝的白色长裙，走在校园的小径上有男生向她行注目礼，她会轻轻地低下头去，脸上飞起一片红霞。她有一张孩子般稚气的面孔，鼻头翘翘，一双眼睛黑白分明，饱含柔情。只有对人对生活充满善意的人才会有这样柔情的眼神。

韶华的美，是温柔内敛的，夹在时尚靓丽的年轻女孩儿中，显得有点儿不合时宜，甚至她这个人都是不合时宜的，太过温婉可人，缺乏现代女子的剽悍和精明。

在文学院，韶华也是默默无闻的，风头正劲的是那一帮慷慨激昂的文学青年们。只有和她同在一个宿舍的姐妹，才知道她多有才华。

韶华写得一手好字，每天必抽出一个小时雷打不动地临帖。她最擅长的是小楷，字体秀丽而不失法度，姐妹们戏称为“闺阁体”。我记得她曾经把《红楼梦》中的诗词用簪花小楷写好后装订成册，字迹楚楚，宛如颗颗珠玑散落在宣纸上。

有一年下大雪，我们相约去爬岳麓山，到了山顶，正好太阳出来了，照着满山积雪，犹如在琉璃世界上镀了一层金。下山后，韶华不顾天冷，挥毫临了一副《快雪时晴帖》，一挥而就，那字写得，俊逸极了，深得右军遗韵，像我这种不懂书法的草包，也忍不住叫好。见我喜欢，韶华慷慨地把那幅字赠给了我，可惜南下后再三流离，已经不知所踪。

岳麓书院有个张教授，潜心研究《庄子》数十年，其人鹤发童颜，不事俗务，喜着宽袍大袖的衬衣，远远望之若神仙中人。张教授开“庄子”一课，前来听课的学生把小小讲堂挤得水泄不通。一日，张教授讲授《逍遥游》一篇，突然慨叹：“扰扰尘世，莫如效仿列子诸人，放浪于形骸之外，遗世独立。”话刚落音，一个女学生站起来答道：“不离不着，处尘世之中而能享出世之乐，这才是庄子所谓的人生之道。”张教授也不惊愕，反而点头称是，两人又就《庄子》中的微言大义一番对答，旁观的学生则又惊又叹。这一幕，堪称经典，而发言者正是韶华。研究生毕业后，她跟随张教授读博士，可以推想书斋之中，这一老一少必可效仿魏晋中人终日玄谈，其玄妙之处却非外人可道。

韶华天生一副好嗓子，可每次 K 歌时，她总是充当忠实的听众，说自己一首歌都不会唱。这也难怪，宿舍姐妹们喜欢的张韶涵、梁静茹她几乎从来不听。

一次中秋聚会，文学院的人相约登岳麓赏月，在半山亭上，韶华颇有兴致地给大家唱了首《晴雯歌》，清风明月之下她的歌声宛如天籁，让同学们大大地惊艳了一番。下次 K 歌，众姐妹力推韶华，可她还是摇头微笑不应，想想也是，韶华的歌声本来只宜在月下洗耳静听，哪适合 K 歌房这种喧嚣场所？

后来我想起她时，耳畔响起的总是那空灵的歌声：“霁月难逢，彩云易散。心比天高，身为下贱。风流灵巧招人怨，多情公子空牵念。”一歌成谶，《红楼梦》中那么多诗词，韶华怎么单挑了这一首来唱呢？她对晴雯，似有一种特别的情感，毕业论文写的也是晴雯，也许这世上所有“心比天高”“身为下贱”的女子，都对晴雯有着物伤其类的感情吧。

在遇到韶华之前，我以为闺秀这种生物已经在地球上绝迹，韶华的行事做派，却让我认识到了什么叫作真正的闺秀。尽管她出身寒门，却一身的闺秀气质，和书中的名门小姐相比，少了几分清贵之气，却多了几分楚楚可怜。

倘若生于古代一个官宦人家，韶华自然能以诗画自娱，悠游终生，可惜她不幸降生于这个时代，且家境贫寒，为完成学业，除了要申请助学贷款外，还得匀出宝贵的读书时间来兼职：做家教、兼课、校对图书，甚至发传单等等。这些兼职填满了她的业余时间。

韶华一天的时间表排得紧紧的，当我们还在睡梦中时，她已经轻手轻脚地起床，赶到图书馆去自习，双休日同学们大都相约出游，她则乘公交车往返于几个地方做家教。

忙成这样，也不见她抱怨什么，依然是气定神闲地微笑着，如无重要事情，每天下午六点钟必会去爬岳麓山，上下不过四十分钟搞定，且气不喘心不跳，坚持下来，练就了一个好的身体。

我们常常笑她：“年纪轻轻，早学了道家的养生之道，从未见你感冒咳嗽过，难保哪天便会肉身飞升。”韶华仍是淡淡微笑着说：“我没有时间生病，也病不起。”

韶华有个男朋友，复姓欧阳，也是读古代文学的，面容清秀，气质不俗，据说和韶华从大学就开始恋爱，算得上是一对璧人了。

欧阳是独生子，父亲在地方上混了个一官半职，算是个官二代。他刚和韶华在一起时，家里人尤其是他母亲十分反对，理由是韶华家境太差，门不当户不对的，所以一直叫亲朋好友帮儿子介绍“好人家”的女朋友。欧阳对母亲的做法很反感，对韶华反而更认真了，这点让她很感动。

一开始，我们对欧阳的印象都挺好的。他虽然是个公子哥儿，对女朋友却挺体贴的，经常在楼下等韶华，大清早地就来给她送早餐。姐妹们都笑称他是当代宝玉。

欧阳本身也算是个才子，和韶华称得上“志趣相投”。他们常常相约一起去爱晚亭共读，到了秋季，爱晚亭的枫叶红了，他们一人捧一本书，依偎在一起静读的画面被一个摄影爱好者拍下了，画面之美让人想起宝黛共读《西厢记》那一幕。

韶华喜欢戏曲，偶尔在宿舍唱个小曲儿，欧阳如果在的话，会给她吹笛伴奏。欧阳的笛子吹得很好，月光好的夜晚，清亮的笛声伴着韶华的歌声传得很远很远。

可是研二那年，素来健康的韶华却险有性命之虞。

那天我正在自习，突然接到韶华的电话，说让我去一趟医院。到了医院，韶华尚强撑着对我笑，医生已冷冷地说出“宫外孕”三个字。

“叫欧阳来啊。”我惊出了一身冷汗。

“叫了，他不来。”韶华摇头，眼中已隐隐有泪光闪现。

我拿出手机来就想拨欧阳的电话。韶华伸手按住，不断摇头，潸然泪下。

我一边诅咒着她那个杀千刀的男朋友，一边费尽全力说服医生让我代表家属签字，韶华终于被推进了手术室。

在煎熬地等待了一个多小时后，我见她又被推了出来，面色惨白如纸，外表尽管完好，一颗心应早已千疮百孔。

握住我的手，她只催我去上课，却绝口不提那个人的名字。

从那以后，韶华的身体便虚弱了很多，买回很多草药一副副煎，宿舍终日弥漫着一股中药的苦涩。

那个临阵退缩的懦夫，之后又来求她，还演出了当众下跪的闹剧。他甚至每天清早跑来给韶华送早餐，附带着给宿舍姐妹每人一份儿。

令我们心疼的是，韶华居然答应重归于好。

其实在她最脆弱的时候，她已向我们哭诉过那个男人的斑斑劣迹。他从不出外打工分担她的经济负担，脾气暴躁，发起火来甚至还动手打过她。可见高学历的人不乏素质低下、性格变态者。当时大家都旗帜鲜明地反对他们复合，一见韶华的举动，无不是“哀其不幸，怒其不争”。

后来，我渐渐地和韶华疏远了。她这个人，对谁都好，而且是那种润物细无声的好，谁的水壶空了，她会默默地加上水，谁没来上课，她会主动借出自己的笔记。这种一视同仁的好，让虚伪的人有机可乘，而真心对她好的人反而不好受，一方面觉得自己受了冷落，另一方面觉得她这样做不值得。

研三的时候，大家各奔前程，找工作的忙着找工作，考公务员的忙着考公务员，在这个只争朝夕的年代，很少有人再愿意花费几年时间继续深造。全班只有韶华一个人选择了读博，也只有校园的象牙塔，才能容下这么一个心地纯净的女孩子。

她的那个男友，也和她一起读了博。所有的人都说他们是佳偶天成、一对璧人，我只有默默祈祷，但愿他们的爱情如同看上去那么美满，过去的伤痕将永远被尘封。

离开学校时，韶华塞给我一本周汝昌的《读红小札》作纪念。在南下的火车上，我打开那本书，一封信落在了桌面，上面是韶华端秀的笔迹："你曾经说过，我很美丽，事实上我的美丽在现实中乏人欣赏。他欣赏我，明白我，尽管不是特别爱惜我，但既然一开始我选择了他，就想多点儿包容少点儿苛求一直走下去。像我这样的女孩子，没有钱，没有美丽的容颜，只求在爱情中获得一点儿慰藉罢了，不然，我不知道怎么撑下去。"

我这才知道，在韶华的淡淡微笑之下，原来藏着如此深的隐痛。

古诗中说："幽兰花，为谁好，露冷风清香自老。"说的正是韶华这种女子。她本应是大观园中的一个女子，奈何却得在这个风刀霜剑的世界中举步维艰地生存下去。

现代都市中，生存得好的是铿锵玫瑰，绝不是空谷幽兰。

毕业之后，忙于生计，渐渐中断了和韶华的联系，只是断续从同学那儿获知她的消息。

听说她的博士读了很多年，因为论文写得太认真，一直拖了四五年还没毕业。听说她和欧阳结了婚，两个人的关系还是时好时坏的，好的时候你侬我侬，坏的时候还是会出现家暴。

再后来，就是她离婚的消息。

韶华啊韶华，“枉自温柔和顺，空云似桂如兰”，到头来，换得的还是“食尽鸟投林，落了片白茫茫大地真干净”。

我问韶华：“早知今日，你后不后悔？”

韶华发来的，是一个微笑的表情。

她说：“他其实人也不坏，只是控制不住自己的脾气。我们分手的时候很平静，现在偶尔也有联系，他去了北京读博士后，后来留在了一所高校。据说一直都单身着。”

韶华呢，还在为她的论文忙活，对男女情事仿佛提不上兴趣，也许在上一场感情中，已经耗尽了她所有的热情。

事实上，欧阳再不堪，对她也有过真切的欣赏和怜爱。我们生活的这个世界，给她的却几乎只有冷漠和忽视。她的家人，根本理解不了她为何要一意求学，却不早早工作来分担家庭的负担；她的朋友，也对她一个博士读了四五年还没毕业感到不解，毕业之后，何去何从，也是一个问题。

我一边和韶华聊天，一边听着《晴雯歌》，当年她在月下唱曲的一幕又浮现在眼前，她是在为晴雯的不幸吟唱，还是早已预感到一生的飘零？有多少命运畸零的女子像她一样：心比天高，却出身微贱，最后不得不挣扎于浊世的泥淖之中？

也许是我过于悲观了，韶华倒是表现得完全没有这么悲情，她的空间偶有更新，说的都是伺弄花草、研读诗词的心得，不见悲戚、只有淡然。不管在什么样的境遇里，她都没有改变她爱好美、追求美的天性。

在韶华所种的花花草草里，她最爱的就是兰花。

兰花生在幽谷里，就算是空无一人，仍然静静散发着香气。

第4章

此去经年 藕断丝连

逃亡路上的爱情

如果我没那么坚决地拒绝

一个好姑娘

我们终将成为自己

▲ 逃亡路上的爱情

我还记得她的名字，她叫邓美璋。

人生中的第一句粤语，就是她教会我的。许多年以后，我几乎已记不清她的长相了，可无意中学会的口音却比记忆更顽固。

认识她时，我只有十来岁，生活在一个三面环山一面临水的小山村，了解外界信息唯一的渠道就是看电视，对外面那个五光十色的世界充满向往。

邓美璋就是在这时出现的。

有一天，我和伙伴们玩跳绳，这时候，隔壁家的小妹子跑过来，满脸带着神秘的笑容说："桥奶奶家来了一个大姐姐，长得可漂亮啦。"

乡下闭塞，偶尔来个陌生人很难得。于是我们一伙人绳也不跳了，一窝蜂地跑到桥奶奶家去围观那个漂亮的大姐姐。

到了桥奶奶家一看，果然来了个大姑娘，正坐在柴灶前拨火呢。她穿着一件蝙蝠衫，颜色是雪白雪白的，这在当时是相当时髦的打扮，看起来比村里那些穿得土里土气的姐姐们的确漂亮多了。可这个姑娘显然不太会烧火，被柴烟呛得直咳嗽，脸上还糊着一块烟灰。

乡下孩子大多生性忸怩，我们几个挤在门口，探头探脑地往里面看，见了陌生人都不敢进去。

这姑娘见了，大大方方地站起来，笑着跟我们打招呼说："来嘛，进来坐嘛。"她说的居然是普通话，这还是我们头一次在现实生活中听见人说普通话呢。

刚才坐着不觉得，她一站起来，个子就显得高高的，而且瘦，长手长脚的。皮肤黑黑的，眼窝处有点儿往内陷，现在想来，是典型的"越人"，也就是广西原住民的长相。可是当时只觉得长得很特别，还蛮洋气的呢。

我们还是不肯进去，她就走进里屋，手里捧着一把糖出来。这时桥奶奶在外面干农活回来，看上去不太高兴的样子，很不耐烦地对我们说："去去去，快回家去吧。你们妈妈叫你们回去吃饭呢。"

我们心不甘情不愿地被撵走了，那个大姐姐还跟在我们后面叫："吃颗糖再走嘛。"

回到家里，我兴奋地跟妈妈说：“妈妈妈妈，桥奶奶家来了一个大姐姐，穿的衣服可好看啦。你知道吗，她还会说普通话呢，和电视上的人说的一模一样！她还给我们糖吃呢。”

妈妈笑着问我：“糖好吃吗？”

我有点儿沮丧，抱怨说：“本来就快吃到了，可是桥奶奶太小气，把我们给赶走了。”

妈妈的脸色一下子变得严肃起来了，她说：“桥奶奶不是小气，是心里难过，你们以后少去烦她。”

我追问：“桥奶奶为什么会难过啊？”

妈妈说：“还不是因为你戴叔叔犯了事儿啊。”

我再问到底是犯了什么事儿，她就再也不肯告诉我了。

对于这个戴叔叔，我的印象不深，只知道他是桥奶奶的小儿子。有句话说：“皇帝爱长子，老百姓疼幺儿。”这话说得真不错，桥奶奶最疼爱的就是这个小儿子了，哥哥姐姐也让着他，什么好吃好玩儿的都给他。他很大了，桥奶奶还拿着饭碗追在他后面喂，这一幕村里的老人现在还记得。

在农村里，孩子们很小就要开始干农活，上山砍柴下河摸鱼都是常事儿。桥奶奶居然从不让戴叔叔沾这些活儿，说只要他好好读书就行。戴叔叔后来读了个高中，这在当年的农村已经算很了不得啦。

高中毕业后戴叔叔并没考上大学，一开始也没找工作，就在家待着。因为平时不需要干活，他长得白白净净的，看起来很斯文，整天窝在家里，偶尔来到田边想干点儿活，桥奶奶就会风风火火跑来，一把抢过他手里的农具，很夸张地嚷嚷说："哎呀我的儿，你读了这么多书，这哪是你干的活啊？"

听妈妈说，戴叔叔刚毕业时，还怀着一肚子建设新农村的理想。承包过鱼塘，养过蝎子，还买来一台收割机，说要按亩收费，推行机械化收割，但是做得都不成功。我们那儿种的都是小块小块的梯田，大型收割机毫无用武之地。

这么折腾了一阵儿，把家里的积蓄都折腾得七七八八了，戴叔叔觉得这不是个事儿，在家也待不住了，于是提着行李南下打工去了。

一般打工的人每到过年就会回来，可自从戴叔叔出去后，我们就再也没有见他回来过。妈妈说他犯了事儿，不知道是不是很严重的事儿，闹得连家也回不了。

那个大姐姐在桥奶奶家住了下来。

她的身份有点神秘，我们都不知道她到底和桥奶奶家是什么关系。问桥奶奶，桥奶奶只说是亲戚，真奇怪，她家怎么会有外省的亲戚呢？

时常可以看到她随桥奶奶去地里干活儿，卷起裤管，小腿上沾满了泥巴。她好像不太会干活儿，连锄草都分不清哪儿是稻禾哪儿是稗子，桥奶奶训她，她倒不生气，还笑着吐舌头。

天气转凉了，她还是穿着刚来时穿的那双凉鞋，身上的衣服也还单薄，嘴唇都冻乌青了。桥奶奶找了双布鞋给她穿，她也不穿，说在南方很多人一年四季都打赤脚。后来我到了广东，发现果真如此。

因为是邻居，我渐渐和她混熟了，也常去找她玩儿。

她告诉我，她叫邓美璋。

我不知道璋字怎么写，她就比画着说："璋是一个斜玉旁加一个文章的章，是美玉的意思。你看，我就戴着一块玉呢。"她从脖子那里扯出一根红丝线挂着的玉，指给我看。那块玉的形状很奇怪，不是观音也不是佛，而是长长圆圆的。

"呀，真像个茄子啊。"我忍不住说。

她哈哈大笑，说这类玉有个名字，叫"欢瓜"，寓意着"吉祥如意"。她说，这是她男朋友送给她的，希望她每天都开开心心。自从他送给她这块玉后，她每天都戴着。

我问她："每天都戴着，连洗澡都不摘下么？"

她笑着说："当然不摘了，玉要天天戴着，才有灵气，才会保佑戴玉的人。"这话，也是她男朋友说的。

她在桥奶奶家住了有一两个月吧，乡下人总觉得说普通话的人怪怪的，都不怎么和她交谈。现在想来，她应该是很寂寞的，所以才会和我说那么多的话。

我很喜欢她，她性格开朗，脸上总是挂着笑容，而且懂的东西特别多。她很爱说起她的家乡。她出生在广西南宁市郊，她说那里几乎是没有冬天的，一年四季天气都很热，漫山遍野都是甘蔗林。

我可爱吃甘蔗啦，听她说得口水都快流出来了。

她还教我说粤语，从数数开始教起，“呀咦三四唔流气吧狗死”，咬牙切齿一口气数完，好过瘾。我回家学给我妈听，我妈说：“快别学了，都成大舌头了。”

她说学白话没什么难的，其中有个字基本是万能的，那就是“咩”，“什么”是“咩”，“怎么样”是“咩”，“好不好”也可以加上“咩”。她问我：“你知道广州为什么叫羊城吗？”

我摇了摇头。

她逗我说：“那是因为广州人老是说‘咩咩咩’，你听听，像不像羊叫？”

我还没反应过来呢，她已经笑得腰都弯了。

她最爱说起的，还是她男朋友。在她的描述中，她男朋友似乎是一个很完美的人：英俊、聪明，而且特别有趣。他们是在火车上认识的，当时两个人是邻座，大热的天，她看见邻座还戴着个帽子，觉得很奇怪，她用了各种办法，但是他都不肯把帽子脱掉。不过两个人就此认识了，还到了同一个地方打工。

我问：“他现在到哪去了呢？”

邓美璋叹了口气，说：“我也不知道。”她平常总是笑，我头一次也是唯一一次看到她如此怅然。

那时我还小，对男女情事还似懂非懂，不知道怎么安慰她。

她只是惆怅了一会儿，很快又笑容可掬地说：“不要紧的，我可以等他回来。他一定会回来的。”这话像是在对我说，更像是对她自己说的。

我其实很好奇：他到底是谁啊？但我始终没有问。

后来天气越来越冷，我们都穿上了棉衣。邓美璋受不了湖南冬天的阴冷，回南宁去了。桥奶奶松了一口气，因为终于不用给她翻箱倒柜找衣服穿了。

她走的时候和来时一样突然，都没有和我们告别。有一天，我推开桥奶奶家的门，找不到邓美璋，桥奶奶淡淡地说：“她回家了。”

我有点儿失落，像听故事没听到结局。我不知道，邓美璋有没有等到她男朋友，那个男人，真的会回来吗？

在我的成长岁月里，这成了一个悬念。

从此以后，我再也没有见过邓美璋。要说她是桥奶奶家的亲戚吧，她为什么再也不来亲戚家串门了呢？

有一次，我放学回家，发现桥奶奶家忽然热闹起来了，围了一堆人。我凑过去一看，原来是一群穿着警察制服的人，有个大盖帽还挺凶，让我们小孩子到一边去，别打扰他们查案。

桥奶奶站在堂屋里，手脚都不知道往哪儿放，脸都吓白了。

我站得远远的，隐约听到什么“坦白从宽、抗拒从严”，还有“自首”之类的话，吓了一跳，赶紧走开了。

警察走了之后，桥奶奶把自己关在家里，哭了很久，我睡在隔壁，半夜起来上厕所都能听到她的哭声。

那一年评“五好家庭”时，桥奶奶家就没份儿了。村里人还把她家挂着的“五好家庭户”的牌子给取了下来，那还是几年前评的，当时戴叔叔还在家呢。

村里的干部说：“他们家现在是逃犯家庭，所以不能挂‘五好家庭户’的牌了。”

我偷偷问妈妈：“到底谁是逃犯啊？”

妈妈脸色一沉，说：“小孩子家别多管闲事。”

但我终于还是从村里人的闲谈中，得知了桥奶奶家发生的事。那个逃犯就是她小儿子戴叔叔，他南下打工时，进了一家厂，干的是车间的活儿，很苦，也挣不到什么钱。他在厂里结交了一批人，一天晚上大家出去玩儿，走在路上碰到个独身赶路的老头子，有人动了邪念，提议说不如把老头子给抢了，弄点儿钱去吃宵夜。一伙人没多想就动手了，老头子大声呼救，他们抢了他贴身的一个钱袋就跑了。结果一看，钱袋里就十几块钱。

活该他们倒霉，正好赶上“严打”，有消息说要把他们全部抓去坐牢。戴叔叔特别胆小，闻讯就跑了。负罪潜逃的结果是，他成了逃犯，他们家也成了逃犯家庭。

桥奶奶一家人因此在村里都抬不起头来。乡间因田地水土常有争执，村里人一和她争，就会骂她是“逃犯家属”。

戴叔叔在外面逃窜了很多年，其实和家里还是偶有联系的。后来桥奶奶实在撑不住了，觉得老这么下去也不是个事，警察又每年都到她家里来让她劝儿子“坦白从宽”，她终于把儿子叫了回来。

戴叔叔只在家里住了一个晚上，我外出读书了没看见他。听村里人说，他又黑又瘦的，早已不是以前在家时白净斯文的样子了。

第二天一早，桥奶奶就亲自陪他去派出所自首。没多久法院的判决就下来了：戴叔叔数罪并罚，被判了十年。

听到这个消息后，桥奶奶伤心地一下就老了许多，她怎么也想不通：明明说要宽大处理的，怎么一判就是十年啊？

从那之后她开始变得有点儿神神叨叨的，眼神涣散，老是裹着棉衣蹲在墙脚下自言自语。走近了，会听到她说的是：“抢了十块钱，怎么就要判十年呢？”

很久以后，我和妈妈在闲聊时，无意中聊到桥奶奶一家。

妈妈说：“你还记得那个邓美璋吗？”

我说："当然记得啊，怎么了？"

妈妈说："邓美璋是戴叔叔在出逃路上认识的，也就是他女朋友。"

这么多年的悬念终于解开了，我诧异于自己的后知后觉，早该想到的不是吗？

关于那段逃亡路上的爱情，我所了解的仅限于此，我不知道，当时邓美璋是不是知道戴叔叔的身份。回想起来，一开始也许不知道，后来应该是有所了解的。这样的话，她是一个多么有勇气的人啊，喜欢上一个人时这么孤勇。

戴叔叔后来的消息，也是妈妈告诉我的。

他整整坐了十年的牢，期间桥奶奶常常送钱送物，这也仅仅只是让他在狱中少受些苦楚，并没有减少他的刑期。

十年后，他出狱了。在家里没住几天，就坐上了从我们县城去南方的大巴车。

两天后，从南方传来消息，戴叔叔坐的大巴车在高速上发生了车祸，大部分人只受了点儿轻伤，只有戴叔叔被抛出窗外，当场身亡。

知道这个消息后，桥奶奶就疯了，整天哭哭啼啼，嘴里来回念叨着一句话："儿啊，是娘害了你，娘不该劝你去坐牢啊。"她家里人嫌她烦，把她锁在了房里。

说完了戴叔叔的故事，我妈忍不住感叹说："这就是命啊。

人啊，谁能强得过命呢。”

戴叔叔要去南方，是不是想去见邓美璋呢？他的人生短暂得乏善可陈，那段逃亡路上的恋情，也许是他生命中唯一的一抹亮色吧。十年过去了，他仍然惦念着那个爱笑的广西姑娘吗？邓美璋呢？她还在等他吗？还戴着他送她的那块欢瓜吗？

这一切，随着他的猝然离世，成了永远也解不开的谜团。

▲ 如果我没那么坚决地拒绝

报社新来了一个实习生，嘴甜人靓，报到的头一天，走到办公室里的每个人面前进行自我介绍："某老师您好，我叫某某，请多多关照。"一同奉上的，还有甜美的微笑和亲手冲的一杯咖啡，虽然是速溶的，也够暖人心了。

带她出去采访，也总是一口一个"老师"。我开始让她直呼其名，后来见她执意不肯，也就由她去了。

小姑娘很讨人喜欢，就是对于从事这一行缺乏最基本的常识。再重要的会她也是踩着点儿到，偶尔还会迟到，坐在会场埋头就玩手机。回去时试着让她写个初稿，她连出席领导的名字都记不全。后来我就很少带她去采访了。

一天深夜，我去报社拿点东西，走进办公室看见这小姑娘正对着电脑奋战，一双水汪汪的眼睛熬得通红。

我问她："这么晚了怎么还不回去？"

她一听，眼泪"刷"地掉了下来，抽泣着告诉我，她的实习期快到了，一直想争取留下来，可是领导列举了她实习期间种种不合格的表现，告诉她她不能留下来了。

"他们说我开会不知道提前十五分钟去，写的稿子连五要素都不全，可是这些，都没有人手把手地教过我啊。"小姑娘圆睁着一双无辜的眼看着我。

我不知怎样告诉她，在新闻行业，永远不要太指望有人会手把手教，老记者也带实习生，培养出师徒情谊的还真不多。

但我确实也碰到过那样一个人，如果不是他那么耐心教我的话，我很有可能和这个深夜哭泣的小姑娘一样，独自摸索了几个月连新闻的门都摸不到。

我从来没有叫过他老师，但在我心目中，他就是我师父。

我初到这家报社的时候，只有二十出头，研究生还没有毕业，表面上看起来骄傲无比，实际内心充满了惶恐。

还记得刚来那天，我跟着人事科的人走进采访部，偌大的一个办公室，黑压压的坐满了人，见我走进来，大多数人连眼皮子也不抬一下，继续埋头赶稿。

我被分配到一个角落里坐下，指望着能有谁告诉我应该做些什么。这家报社没有老带新的制度，实习生们被随便塞到哪一个组，就只能等着记者们乐意时带出去做些采访。作为一个羞怯到死的新人，我一开始只有对着电脑枯坐的份儿，所有人都在忙碌，只有我无所事事，那个下午，我真害怕会这样一直枯坐到天荒地老。

快下班时，我终于鼓起勇气走到主任面前去，让他给我点儿活干。

主任问我："你会干什么？"

我想也没想就答："我什么都不会。"

现在想起来真是欠揍。

主任是个老好人，宽慰我说："没事先看看报纸。"坐在旁边的一个男记者倒是忍俊不禁。

我只好回到角落里继续枯坐，就在我快要绝望的时候，隔壁的格子间探出了一张笑脸，有人对我说："嗨，你好，我明天有个采访，你愿意跟我去吗？"

在当时的我看来，这张笑脸无比灿烂，尽管眼角边的褶子多了些。

他就是刚刚那个笑我的男记者，后来他说："认识你的第一天就留下了深刻的印象。怎么会有那么傻的人，居然敢当着领导的面说自己什么都不会？"

我觉得他更傻，既然已经知道我这么缺心眼，还主动请缨带我去采访。

这个笑我的男人后来成了我师父。

回想起来，他的笑脸对当时的我实在太重要了。你可以想象，一个还没毕业的姑娘，只身南下，举目无亲，进入一个完全陌生的行业，要多无助就有多无助。这时候有人愿意伸出援手，哪怕是根稻草，也会拼命抱住。

其实他只不过比我先来报到几天而已，不过在这一行，已经很资深了，据说写过一些很牛逼的稿子，拿过大大小小的奖项。

我那时还是个想在这一行业有所发展的人，不可否认，那段牛逼哄哄的从业经历为他增色不少。

更何况，他长得还真不错。一米八的个子，瘦削，挺拔，头发剪得很短，剑眉星目的样子。连楼下子报的同行见了都说："这个小伙子可真精神。"

其实，他哪是什么小伙子啊？对于我来说，三十好几的他简直就是个半老头子了。我不知道他到底大我多少，不过从他笑起来眼角的褶皱来看，应该是大了很多的，所以从一开始，我就是视他如师长的。

他是扬州人，头一次听他自报家门时，我惊叫了一声说："呀，原来就是'二十四桥明月夜，玉人何处教吹箫'那个地方啊。"

他很骄傲地补充说："还有'春风十里扬州路，卷上珠帘总不如。'"

扬州遥不可及的月色给他增添了一圈光环，再看他时，觉得他有点儿像金庸笔下的江南侠客：白皙、俊朗，侠骨柔肠。不同的是，侠客用的是剑，他用的是笔。

事实上，他爱的是古龙。我们为金古二人谁优谁劣争论过几个回合，谁也没说服谁。他批评说："金庸著作冗长、拖沓，男女主角都装纯情。"我反驳说："古龙作品良莠不齐，笔下人物都像一个模板铸出来的。比如说，楚留香和陆小凤，两个人有什么本质上的不同？"

他回答说："当然不一样，楚留香是踏着月色而来，陆小凤是四条眉毛一颗自在心。"

在我听来，还是一个样。可是他自认为已经说服了我，脸上露出洋洋自得的笑容来。他是个固执的人，普通话中苏北口音很重，很奇怪，扬州话不像上海话那样嗲，而是有些硬气，特别是在他嘴里更有种斩钉截铁的味道。

这种固执表现在工作中就是莫大的新闻热情。

印象中的江南书生应该是斯斯文文、温润如玉的，他的外表也许会给人这种错觉，可是言行举止却偏执顽固，认准的事儿九头牛都拉不回。有同事叫他"新闻疯子"，他接到新闻线索，半夜都可以从床上爬起来，只要是想做的新闻，再敏感都会想方设法说服领导。他到这里没多久手里就有了批"线人"，隔三岔五地向他报料。

我常常被他的热情所感染。有时冲了凉正准备睡觉，他一个电话过来说："快出来，有个猛料，十分钟后集合。"我立马一激灵从床上跳下来，随便换套衣服就冲出门。

我们曾经为了一个新闻线索倒了几趟车去偏远乡下采访，回来的时候车都没了，走了好远的路才打到车，回到报社饭都顾不上吃就赶紧写稿。第二天见报了，整整一个版，他的名字和我的名字紧紧挨在一起，像是两个并肩作战的亲密战友，我偷偷把那张报纸收藏起来，有一种隐隐的骄傲和喜悦。

那是我进报社以来的头一个重头报道，尽管不是第一作者，也算是小有成绩了。只有他知道我背后所作的努力。刚来那会儿，我连个导语都写不了，是他教会我如何去寻找新闻线索，如何和陌生人搭讪，如何巧妙地提问，如何写出一篇像模像样的稿子。

其实我对自己能否成为一个合格的记者始终很怀疑（现在也很怀疑）。看看身边的同事，工作起来一个个游刃有余，看上去不费什么力，稿子却一篇篇见报，而我呢，每天战战兢兢的，稿子却写得很少。

他知道我的顾虑后，安慰我说："不要低估自己，你就是一只雏鹰，长满了羽毛就能振翅高飞。而许多人看似成熟，只是一只成熟的鸡而已，永远飞不了多高。"他的夸奖也许言过其实，他的关心却着实缓解了我当时的焦虑不安。

一起进报社的人之中，我和他最亲密，但这种亲密仅限于工作之内，我们每天总是一起想选题，一起去采访，一起讨论稿子的写法。

那是我从业以后仅有的为新闻理想燃烧的岁月，现在想起来也说不清他具体教了些什么，多半是言传身教起的作用。我们甚至连好好吃饭的时间也挤不出来，每天写完稿后，筋疲力尽，只想随便找点儿东西填饱肚子，去得最多的就是楼下的沙县小吃，他看起来瘦，食量可不小，可以轻松地吃掉两笼蒸饺加一碗拌面，还有一盅汤。

他和广东人一样，吃饭总得喝点儿汤。有次去得太晚，沙县小吃只剩下仅有的一盅汤了，他把那盅汤推到我面前，我喝了半盅嫌腻不喝了，他拿过去继续喝，用的居然是我刚才用的勺子。我心里跳了一下，想提醒他说勺子我用过了，看他面不改色的，又不好意思说破了，只得任由他一勺一勺地把那盅汤喝完。

汤的味道我早已忘记，不过就是那几种汤，不是花旗参炖乌鸡，就是猪肚炖莲子，或者是排骨炖山药。但他低着头一口一口喝汤的样子，我现在还记得。

同样记得的，还有那次我们一起走路回报社的经历。那天他叫我去采访，走到报料人所说的地点，却发现完全没那回事儿，他说："天气这么好，不如一起走走，走累了再打车好不好？"

我当然说"好"。

南方的初冬有一点微凉，星星在云中闪烁，像流萤。这是个没有季节变化的小城，我们的头顶，宫粉紫荆还在不知疲倦地开着，空气中流淌着迟桂花蜜一样的香气。我们把手插进衣服口袋里，边走边漫不经心地聊着。

忘记聊什么了，我们的聊天通常都是以争执结束，可那天没有，也许是天气太美好，也许是夜晚太静谧，我们难得地没有辩论，而是有一搭没一搭地说着闲话。

不知走了多久，我的腿开始变得沉重，嘴里也打起了哈欠，于是提议打车。

他坚持说："再走走嘛，反正回去也没什么事儿。"

于是，我们就这样一路走回了报社。上电梯时，我的腿都快抬不起来了，一看手机，整整走了四个小时。

如果没有记错的话，分别的时候，他摸了摸我的头。

那是我们唯一有过的亲密动作。

有一段时间，他竟然和我疏远了，有采访也是一个人去，不再带着我这个小尾巴。

我忍不住在 QQ 上问他为什么。

他发过来一行字："你都不知道他们背后怎么说我们。我年纪大了，无所谓，你还小，还是保持点距离好。"

我很惊讶，惊讶之后是愤怒，愤怒来得理直气壮："我们连暧昧都谈不上，管人家说什么呢？"用一个勺子喝汤和摸头发这种细节被我自动排除到暧昧的范围之外了。

其实，最关键的一点他没提：他是结了婚的，我也有男朋友，只是都离得太远。

看我这么问心无愧，他也释然了，我们又恢复了之前同进同出的亲密。

真正的疏远是从我答辩后又返回报社开始，虽然只是一段时间不见，却感觉有什么东西横亘在我们中间。那时我已经能够独立采访了，也确定毕业后会留下来。

然后就是那一天，春夏之交的一天，他约我到附近的一个公园，毫无征兆地，突然对我说："现在是北京时间十点二十分，在这一分钟，我想和你生活在一起，永远。你愿意嫁给我吗？"

很像文艺片中的场景对吧（后来才发现，《阿飞正传》里不正有这一幕吗）？可惜生活不是文艺片，我没有被感动，而是被吓呆了。在我有限的人生经验中，求婚是一件顺其自然的事，而我和他，从来没有互相说过喜欢，就来求婚这一出，也太突兀了吧？

其实想想，在此之前，他曾经多次试探过，只是我忽略了他的试探。或者说，有意忽略了。

为了表示诚意，他还向我出示了两份证件，一份是离婚证，一份是身份证。前者证明他现在已是自由身，后者说明他整整比我大十岁。

十岁！

在当时的我看来，这简直是个不可逾越的年龄障碍。那时我年轻无知，以为三十好几代表着人到中年，一生的辉煌期已经过去。而我呢？正值青春，需要的是和我一起成长一起奋斗的伴侣。

我坚决地拒绝了他，甚至还有点儿委屈，心想自己什么都没做，就落下了个“害某人离婚”的罪名，简直比被小三还冤。

没过多久，就传来了他要辞职的消息。

原因是他在这里没有得到期望中的重用，一气之下想远走新疆。

我和另外一个同事请他吃饭，路过一个花坛时，有个人在挖蚯蚓，他连忙走上前去，不停地询问。同事笑他：“你都要走了，还关心这个干嘛？”他转过头来嘲笑我们没有一点儿新闻敏感度。

我有点儿心酸，在所有人的心中，他天生就应该是干记者这行的。即使他要离开，仍然不忘去关注抓蚯蚓对城市环境的破坏。

不敢说出口的是：如果不是我那么坚决地拒绝了他，他是否不会离开得这么仓促？

事实证明，我把自己想得太重要了。

后来才知道，他去新疆，是因为那里有家报社可以提供给他一个总编的位置。而且，他去那里之后以闪电般的速度结了婚，新娘也是做记者的，年纪比我还小。

听说他们是一位前辈介绍的，两人先是网恋，后来又成功地把网恋发展到了现实生活中（这段时间基本和我进报社那段时间重合）。

他们的故事成了一段佳话，谁也不知道，我在这段佳话中差点儿成了一个笑话。我很想知道，如果我当时答应他的话，他是不是就此和那位新疆姑娘别过呢？

等到后来我才明白，人过了三十岁后，是不会在一段感情上耗费太多精力的，如果这段感情看上去那么无望的话，投入者就会果断转身，追逐另一段感情。

所以我并不怪他。

他曾经对我说过："做梦都盼望有一个孩子。"很高兴这个梦想在新疆实现了，他很快抱上了一个白胖的儿子。

而我对他的感情，是在很久以后才发觉的。

那是一次普通的采访，采访对象是个爱好收集邮票的老人，有着老年人容易追忆往事的特性。

我们听着他絮絮叨叨，一起采访的人都不耐烦了，只有我不忍打断他，他的口音令我感到如此亲切。

老人来自扬州，说一口口音浓重的苏北普通话。

那是和他相似的口音啊。

原来我并不是如自己所想的那样，对他全然没有动过心。

一切都已经太晚了，当写下这篇文章时，才发现回忆都是靠不住的，大多已变得面目全非，留下的，也只有无尽的惘然了。

▲ 一个好姑娘

朋友的车载广播里正播着一首歌：

“姐儿头上戴着杜鹃花呀，迎着风儿随浪逐彩霞。船儿摇过春水不说话呀，水乡温柔何处是我家……”

齐豫的声音空灵悠远，让开车的人和坐车的人都安静了下来。正是上班高峰时间，车窗外是滚滚的车流，车内却被这空灵的歌声隔离出一个分外静谧的空间，小而完整。

到了我这个年纪，听歌往往不再是单纯地欣赏音乐，更多的是在回味粘附于歌声中的往事。每次听到这首《船歌》，一个人就会在我的脑海中浮现出来，不是很清晰，但是一直在那里。

第一次听到这首歌时，我只有十三岁，念初中，青涩懵懂。新来的音乐老师教我们唱这首歌，她用娟秀的毛笔字把歌词和曲谱抄在一张很大的纸上，再悬挂在黑板上。

教室里有一架老旧的风琴，以前都搁置不用。她来了之后，坐在风琴前，脚踩踏板，手指拂过琴键，边弹边唱。风琴的声音有点低沉，她的歌声则是清澈透亮的，像风拨动着屋檐下的风铃。

起初，教室里还是闹哄哄的，半大孩子都习惯了看人下菜。以前的音乐老师是个彪形大汉，以严厉出名，上课时大家连动也不敢动，而这个新来的老师一走进教室，大家就看出了她好欺负。她站在讲台上，带着怯生生的笑容，自我介绍时连脸都红了。

可是她一开口唱歌，脸上的表情就变得很从容。她不看我们，一双眼睛若有所思地看向远方，完全沉入歌曲的意境中。

她的歌声是清甜的，没有一点侵略性，就像她的人一样。我们听着她唱“姐儿头上戴着杜鹃花呀，迎着风儿随浪逐彩霞”，慢慢地都安静了下来。

她唱一句，我们跟着唱一句，玻璃一样透亮的歌声回荡在校园里。我们是山里孩子，《船歌》里面的场景谁也没见过，可唱着歌，就感觉来到了洞庭湖边，而她，就是那个戴着杜鹃花的姐儿，带着我们一起迎着风儿追逐浪花。

我们从来没有学过这么甜蜜温柔的歌，以前那个彪形大汉，不是教我们唱《弹起我心爱的土琵琶》，就是音乐课本上的《共青团之歌》。

她本人也像她的歌声一样甜蜜，而且特别爱笑，笑容中有难以言喻的温柔。她单名一个丹字，大家都亲昵地叫她丹丹老师。

在我们那个镇中学，盛产的是赳赳武夫式的男老师和泼辣凌厉的女老师，丹丹老师的出现，让人们看到了另一种可能。她对学生总是客客气气的，“请”“谢谢”这些字眼常常挂在嘴边，学生们习惯了老师们的呼来喝去，头一次被如此温柔相待，简直受宠若惊。在丹丹老师的课堂上，我们不约而同地收敛了粗野的一面，连最淘气的男生也变得斯文起来。

她教了我们很多课本上没有的歌曲，像《梦田》《橄榄树》《雁南飞》等等，但都不如最初那首《船歌》那么惊艳了。

课后，女生们喜欢聚集在丹丹老师的宿舍里，听磁带，闲聊，间或还胡乱弹几下风琴。男生们呢，不好意思靠得太近，只能借搬风琴之类的粗活来聊表心意。

不仅仅是学生，学校的老师和领导也对她青睐有加。男老师当着她的面，从来不开粗俗的玩笑；女老师都叫她“丹丹妹妹”，一个个抢着给妹妹介绍对象。学校的一个领导经常说：“可惜我儿子太小了，不然丹丹做我儿媳妇多好啊。”他儿子十三岁，和我一个班。

丹丹老师刚从师范毕业不久，其实也就比我们大五六岁。她不开口说话的时候，有种淡淡的忧郁，一开口说话，就单纯得惊人。她什么都和我们说，毫不保留。我们很快知道，她有好几个追求者，有在政府部门工作的，有学校的老师，有兵哥哥，甚至还有混迹街头的烂仔（小混混）。

她问我们她应该选择谁。我们那会儿都还是十三四岁的小毛丫头，哪有什么分辨能力啊，只是很自然地把乡镇公务员和学校老师排除在外，觉得这些职业太没劲儿了，兵哥哥呢，倒是挺符合那个年代理想男朋友的标准，就是太远了。那个烂仔长得其实特别帅气，骑着摩托车在街上穿行时能吸引无数少女的目光，可惜他是个烂仔啊。镇上的男人虽然多，可有谁能够配得上丹丹老师呢。

可能是生性不懂得拒绝，那段时间，丹丹老师总是周旋在一众追求者之中。她和乡镇公务员去吃饭，和学校老师去打球，和兵哥哥通信，有时还能看见她坐在那个烂仔的摩托车上，飞一样地穿过小镇的街。

她跟我们说，这些男人都不是她心仪的对象，不过还是希望能和他们做朋友。

那个烂仔，曾经在她楼下弹了一夜吉他，可还是被拒绝了。自从弹吉他表白被拒后，那个烂仔就改称她为小妹了，她偶尔也叫他一声大哥。

丹丹老师过二十岁生日的时候，一群追求者去给她庆祝生日，有的提着蛋糕，有的拿着鲜花，远方的兵哥哥也寄来了贺信。烂仔大哥出手最豪爽，送小妹项链一条，不是黄金的，而是当时刚刚时兴的铂金。这份礼物太过贵重，丹丹老师不肯收。但有份礼物却不得不收。烂仔大哥特地为她在当地电视台点了一首歌，钟镇涛的《只要你过得比我好》，电视屏幕上的字幕滚动显示：谨以此歌，送给我最亲爱的小妹。

丹丹老师着实感动了一下，其他的追求者们也都自愧弗如。

吃完晚饭后，烂仔大哥提议请大家去K歌，得到了大家的积极响应。一群人簇拥着丹丹老师前往小镇唯一的一家KTV，去的都是年轻人，又是喝酒又是唱歌玩得很尽兴。丹丹老师有一副好嗓子，又是过生日的正主儿，当之无愧成了整场的主角，在KTV里出尽了风头，每个人都抢着和她合唱。她本来从不喝酒的，那晚在众人的劝说下也破了例，才喝了两杯啤酒，就已经支撑不住倒下了。

烂仔大哥自告奋勇要送她回去休息，一伙人唱得正欢，也没多想就把醉得不省人事的丹丹老师交给了他。等到丹丹老师清醒过来，她发现自己衣衫不整地躺在宿舍的小床上，身边是同样衣衫不整的烂仔大哥。

丹丹老师把他赶出去后，一个人关在房间里哭了一天一夜，谁敲门都不让进。隔天，她开了门，平静地对前来劝她的女同事说："我要告他。"

烂仔闻讯，装作毫不在乎地说："让她告去。不就睡了个觉吗，你情我愿的事，她不怕丢人就去告吧！"

事情成了罗生门。丹丹老师说自己被强奸了，烂仔却一口咬定没有强迫她。为了让这件事平息下来，他请来了不少说客，还让媒人上门去求亲，说愿意负起这个责任。媒人这样劝她：“丹丹，你莫闹了，再闹下去，对大家都没有好处，你开个条件，该赔偿赔偿，该结婚结婚，不会亏待你的。”

一贯温柔似水的丹丹老师当着媒人的面摔了个茶杯，她坚持要上告。

烂仔最终被判了五年。

舆论在这时候转了风向。起初，镇上的人对丹丹老师的态度是同情，众人对弱势的一方更容易表达同情，觉得她平白无故受了欺负很可怜。而在判决下来后，同情多半分给了牢狱之中的烂仔，对丹丹老师，就只剩下些说不明道不清的情绪。

人们心里开始这样想：烂仔固然是咎由自取，丹丹老师难道就一点责任都没有吗？那天晚上，不少目击者看见她和烂仔深情对唱，走的时候烂仔搂着她的肩膀，她脸上还是笑着的，她说自己喝醉了，谁知道是真醉还是假醉呢。再说了，镇上那么多年轻姑娘，怎么就只有她碰到了这种事，还不是她自己不够检点，整天对着男人笑。

在这样的议论声中，丹丹老师变得沉默了，脸上的笑容也少了。

流言传到了学生的耳朵里，她再来上课时，男生就不那么安分了，甚至有人开始对着她的背影吹口哨。女生们倒是依旧赤胆忠心，照例去她宿舍里玩，照例给她抄琴谱，在男生们闹的时候，挺身而出替她呵斥他们。

她的宿舍不复往日的热闹，再没有人给她送花送礼物，也没有人上门来给她介绍对象。往日众星捧月般围着她转的那帮人全散了，像躲避瘟疫似的躲着她。只有那个兵哥哥，一如既往地给她写信。

她给他回了一封信，信中言简意赅地介绍了发生在她身上的事。她以为，从此再也收不到他的来信了。

十天之后，信没有来，兵哥哥本人来了。他站在她的宿舍楼下，一身军装，英姿挺拔，用行动来证明他并不在乎。

没有鲜花，没有礼物，丹丹老师接受了兵哥哥的追求。这是他们第二次见面，彼此并无太深的了解。

兵哥哥在镇上盘桓了十几天才和丹丹老师依依不舍地告别。

故事如果到了这里戛然而止，就成了真爱拯救人生的范例。但是，真实的人生往往充满转折。

我们读初三的时候，丹丹老师和兵哥哥已经鸿雁传书两年多。按照正常程序，下一步就是谈婚论嫁了。

就在这时，有一天，大晚上的，丹丹老师和学校的一个领导被堵在了她宿舍的床上。那个领导就是经常开玩笑说要丹丹老师给他做儿媳妇的那一位。

堵人的是领导的老婆，一个相当泼辣的乡下妇人，骂起人来出口成章，指着丹丹老师的鼻子一连串地骂："你个害人精！你个小婊子！你个专门勾搭人的贱货！"

丹丹老师被骂得仓皇失措毫无招架之力。而那个领导，早披件衣服偷偷溜了。

我们班的女生都很气愤，认定是在领导的淫威之下，丹丹老师不得不屈从。

她的那位未婚夫兵哥哥，估计跟我们也是一样的想法，所以他再一次不远千里地请假坐长途火车回来，只为了替未婚妻讨个公道。

兵哥哥说："你告诉我，是不是那个畜生强迫你的？是的话我让他把牢底坐穿！"

那个年代，破坏军婚是个很严重的罪名，尽管他们还没有结婚，可离结婚也就是一步之遥了。

丹丹老师沉默良久，清楚地告诉他："我是自愿的。我对不起你。"

兵哥哥的咆哮传出宿舍："你他妈的就是犯贱！"传到每一个人耳朵里。

我们听在耳里，心都碎了，他们依依不舍告别的一幕仿佛还在眼前。丹丹老师怎么可以一手毁掉自己的爱情，同时也毁掉我们这些小女生对爱情的向往呢？

从那以后，丹丹老师成了一个彻底声名狼藉的女人。她在学校里，再也得不到一丝一毫的尊重。老师们和她擦肩而过，正眼都不会瞧她，食堂打饭的大师傅，也无所畏惧地用色迷迷的目光来猥亵她。

她的日子变得艰难起来，学生们用变本加厉的刁难和戏弄回报她。

某一天，难堪的一幕终于出现了。一个男生在她的音乐课上悍然大声播放随声听，丹丹老师一再轻声恳求他把随声听关掉，他听也不听。她忍不住发火了，把教鞭敲在他的课桌上。那个男生突然跳起来，冲她破口大骂："你就是个婊子，有什么资格来管我！"

那个男生就是那个领导的儿子。

丹丹老师捂着脸跑出了教室，从此再也没有出现过，听说她调去了另一间较为偏远的中学。

初三大家都忙，同学们最初想起她来偶尔会有一丝悔意，但很快便释然了。音乐课也不再上了，我们全身心地投入到书山题海中去。

很长一段时间里，我们都失去了她的消息，有时会从以前的同学或老师那里获知一些只言片语。听说她又交了一个男朋友，人家知道那些事后，宁愿不要订婚的钱也要退亲。听说那个烂仔提前出狱了，开着摩托车跑到她所在的学校去求婚，她拒绝了。

转述的人说，既然人家都不计前嫌了，她好歹也得给点面子。

如果不是后来差不多走上了她走过的旧路，我也许会和很多人一样，提起她只会有淡淡的同情，而更多的可能会是轻视。

有句话不是说，可怜之人必有可恨之处嘛。

在二十多岁的时候，因为一段飞蛾扑火的感情，我也曾一度沦为小镇上的人们茶余饭后的笑柄。那时候，我对她才慢慢多了一丝了解。

我上的也是师范院校，毕业后被分配在镇上的小学教书。

有一次，我去朋友的学校玩，那是一所很偏远的农村小学，校舍破败，寥寥落落的，几个老师带着百来个学生。

我在那里竟然碰到了丹丹老师。

她三十左右，岁月在她身上并没有留下多少痕迹。她穿着一件白色的T恤，配天蓝牛仔裤，身材仍然是纤瘦的，周身仍然有一种少女的气质。这种气质隐藏在她恬静的面容上，在她带点怯意的目光里。

经历了这么多事，她怎么就一点都不见老呢。

见到我，她也很惊喜，执意要留我吃饭。

饭间，我们聊起了过去，我原本以为，对于往事，她应该是避而不提的，没想到她比我还坦然，什么都愿意说，仍然像以前那样，待人毫不设防。

提到那个领导时，我替她抱不平："就是他害了你。"

"别这么说。"她笑了，眼角有细纹聚拢，可是这笑容多么动人。

她说，不怪那个领导，当初的确是她自愿的。“他在我面前说他老婆待他怎样不好，一个大男人，哭成那个样子，我看着可怜。”末了，她又加上一句，“我不怪他。发生那件事后，所有人都在说我不好，只有他说过一句：‘丹丹，这不是你的错，你是个好姑娘。’”

她是个好姑娘，是的，一直都是。可是为什么，好姑娘就要被生活践踏被流言粉碎呢？

我问起她的近况，她说现在找了个男朋友，在南方打工，对她挺好的，一点都不计较她从前的事。

她兴冲冲地去找男朋友的照片给我看，我却突然有点难受。难道所有人都认为那些从前的事应该被计较，包括她自己？

那晚我留在朋友的小屋里过夜。

第二天一起床，听见隔壁教室传来一阵熟悉的歌声：“姐儿头上戴着杜鹃花呀，迎着风儿随浪逐彩霞……”

一个温柔的女声唱一句，孩子们清澈的童声跟着唱一句，歌声回荡在校园里，经久不散。

时间过得真快啊，一晃眼，就是半生。唱歌的人和听歌的人都在老去，只有歌曲本身，将一直被传唱下去。它永远温柔，永远甜美，像一个恒久的梦。

▲ 我们终将成为自己

翎姐的父亲去世了。

听说是脑梗死发作，猝死。

死的时候，身边只有一个瘫痪在床、神智不清的老母亲。

好几天后，才有人破门而入。屋子里已经散发着一股尸臭味。他年近九十的老母亲躺在床上，饿得奄奄一息。

爸妈闻讯都很伤感，毕竟，他们是认识几十年的老熟人了，年龄又相仿，更加物伤其类。

妈妈说，上次在老家还见到过他呢，他到我们村来割艾叶，兴冲冲地告诉她，女儿怀孕了，要多割点艾叶晒干以后给外孙洗澡。言犹在耳，人已辞世。

我也很伤感，除了感叹生死无常外，更多的是替翎姐担心，不知道她能不能熬过这一关。谁都要面临生离死别，但是这也太突然了，她父亲刚满六十，平素身强体壮，正因如此她才放心让他一个人在老家照顾奶奶。

我在 QQ 上给她留言，大意是劝她节哀之类。

翱姐很快回复，言语间有哀伤，但分寸控制得很好。

我认识翱姐已有十几年。

我爸爸和她妈妈在同一所小学教书，我们很小就认识。

翱姐的家庭并不美满，母亲是那种面人儿，软弱得谁都能捏一捏，打个牌都能被牌搭子骂得体无完肤。父亲没有正式工作，本事不大，脾气不小，喝醉了酒就在家里骂骂咧咧。因为总被人看低，所以父亲憋着一口气想做生意发大财。她还有个弟弟，继承了父亲的暴烈脾气和眼高手低，后来成了我们那一带有名的混混。

在这种环境里长大的翱姐身上，看不到一点底层家庭的烙印，待人接物不卑不亢，言谈举止温和得体，学习成绩保持班上前几名，独舞永远是学校晚会上的压轴节目。这样一个女孩，简直就是一颗陋室明珠，即便是学校里那些惯于欺负她妈妈的老师们见了，也会待她客客气气的。

我们的人生本来完全没有交集。但从生活轨迹来看，又有点惊人的相似：都是初中毕业后直接读了师范，然后去乡村做女教师，几年后相继走上考研的路。

我们是完全不同的两个人。她走的永远都是主流大道，而我呢，注定只能剑走偏锋。

我决定考研的时候，翱姐已经考了两次了，目标是国内的最高学府。那时，她男朋友是那所学校的学生，人们见了她总是恭维一声说男才女貌好般配，背地里免不了讽刺她不知天高地厚一心只想攀高枝。

对于她考研这件事，她妈妈的同事们只当是一个笑话。一个师范生，连高中都没念过，英语只有初中水平（师范不开英语课），想考名牌大学的研究生，那不是做梦吗？

如这些人所愿，翱姐前两年考研失败了。

第三年，我们相约一起报考湖南的一所大学。这学校在本省牌子还挺响的，但和她以前考的那所学校相比排名差远了。

个中艰辛我已不想再复述，印象最深刻的是梦里都在背单词。为什么那么拼呢，说到底，我和她一样，只是不甘心，不甘心就这样过一生。

总之，那年我们都考上了。在农村学校教了几年书，突然有机会去高校和一群天之骄子共同求学，自然大有扬眉吐气之感。我想，翱姐的感觉可能比我更甚。她一直想飞，可一直没有飞起来。现在的她终于可以像她的名字一样，在天空中自由翱翔了。

我们住进了同一个宿舍，睡上下铺。一起去泡图书馆，一起去校园外的小饭馆吃三块钱一份的快餐，一起去逛街买衣服。

每次我们的男朋友过来探望我们的时候，我们就一起去堕落街上吃火锅，唱K，轧马路。

因为我俩同一个姓，因此常常被老师同学们误认为是两姐妹。每逢此时，我总是极力说清楚不是，她却每每笑笑表示默认。

现在想来，为什么会争辩呢？大约是因为我不想沦为她身边的陪衬吧。

即使和她亲如姐妹，站在她身边，我总会有隐隐的气馁。她对穿着打扮的追求是“清雅”，也确实当得起这两个字。刚进学校读研的那个中秋节，我们系里的同学去岳麓山上小聚，有人提议让她跳个舞，她大大方方地站出来，跳了一段《月光下的凤尾竹》，她的舞姿美如风动竹影。

那一刻，不仅是我，整个中文系的女生差不多都暗暗自惭形秽了。

女性间的友谊，通常伴随着微妙的竞争。在这个角度来看，闺密往往是参照物的另一种说法。

事隔多年以后，我终于可以坦然承认，我那时是有些嫉妒翱姐的。

她后来告诉我，其实她对我也不无羡慕。

比如说，她那么费力，花了三年才考上研究生，我呢，只用了一年，而且考的还是公费。我们报考的是同一个导师，最后可能是我的分数较高，导师选了我。很久以后翱姐提起这个来还耿耿于怀，尽管她后来是文学院院长的学生。

她不平的是，为什么她很努力才做到的事，我可以毫不费力地做到呢？

她说她最羡慕读书有天分的人，对此我简直莫名惊诧。我的想法是，如果我长成她那个样子，还要会读书做什么呢？相对于会读书来说，美貌是一种更稀有的秉赋啊。

但是，她身上最打动我的，也正是这种费尽全力百折不挠的韧劲。客观地说，她先天的长相、才华、秉赋都不算特别出众，如果不是对自己严格要求的话，她完全有可能泯然众人。

她做什么事都一丝不苟。有句话叫“三分人才，七分打扮”，她呢，是本来就有七分人才，再加上十分的打扮，外貌上总体得分能拿到优秀以上了。知道自己不是一等一的美女，就通过气质来弥补。至少在走气质路线的美女中，她是很出挑的。外貌对她的帮助很大，她曾经对我说：“一个女人长得漂亮点，很多机会不要找就会送上门。”

她的每一步都走得不容易。出众的美貌是努力倒饬出来的，舞蹈是刻苦自学的，研究生是几经波折才考上的，摇摇欲坠的家庭是她一手支撑的。

这样一路努力的她特别看不得那些有天赋在身而不珍惜的人。比如说我，她觉得我没有读博早早就出来工作就是种浪费。有次，她很认真地批评我说：“你长得也不差，就是太不爱惜自己了，所谓眉清目秀，眉毛好看了人才能好看，你眉毛那么淡就不能画画吗？”

天生丽质的人，往往对生活和爱情都有着更高的期望。

翱姐就是这样。

还没毕业，她顺利地应聘到天津一家很好的事业单位。不过只干了半年就回长沙了，一半是因为爱情，一半是她发现自己最擅长的还是教书育人。

那段时间是她人生的低谷。长沙的公办学校门槛高，别说大学了，连高中都进不了。她只得去了一家新成立不久的民办高校教书，学生的素质参差不齐，工资又低，事业上完全看不到前景。

同时，那段时间里，她在感情上也遇到了波折。

翱姐和那个名牌大学的男朋友分手了。她在感情上心灰意冷，转而投入了一个爱她的人的怀里。那个男人待她很好，可以为她当牛做马，但是，外形上比较寒碜。

所有人都觉得他们不般配。连宿管阿姨都议论：这个姑娘怎么回事啊，长得这么漂亮，找了这么个男朋友。

在一片旁观者的不平声中，她也感到了不甘心。

她半生的动荡起伏，最终都要归结于不甘心三个字。

这时，她认识了一个男人，高、帅、有才。

两个男人，一个待她一百分的好，可惜长得不好，和她也没什么话说；另一个长得好，和她志趣相投，可惜待她只有七十分的好。她知道长得好的男人，最爱的那个人往往是自己。

她就在这两个男人之间挣扎、彷徨。

后来，她选择了后者。

不管她做出什么选择，我都会支持。因为，她从来都清楚自己要什么，而且总会一步步把想要的东西拿到手。

她还是进了长沙最好的中学。应聘的时候，招聘者见她大龄未育，犹豫之际，她马上说："我三年内不会考虑生孩子。"三年时间，她成了那个学校最优秀的教师之一，家长们争着把孩子往她班上送，她如愿以偿地拿到了编制，成了很多人艳羡的名校老师。

我们是在成为考研路上的战友后才开始真正走近的。

学生时代，她是那种典型的"别人家的好孩子"，爸爸总是在饭桌上宣传关于她的光辉事迹：她又拿了全校第一名，她主持了迎新晚会，她第一批入了团……说得我无比惶恐，只敢埋头吃饭。

每次在路上偶遇，她向我明媚微笑时，我也只是淡淡地点个头。我只是自卑。

青春期的我，龟缩在姑姑们穿剩的花衣服后，胖胖的，笨笨的，如果要去跳舞的话，只能扮演南极来的小企鹅。我还是个叛逆的刺儿头，班上一批淘气男生唯我马首是瞻，以与老师作对为乐，旷课迟到是家常便饭。这样的我，和翱姐的淑女范儿相差太远。我羡慕她的生活状态，但我清楚地知道那不是我要走的路。

我总说自己一生不羁爱自由，但说得不好听点就是自由散漫无组织无纪律。我不是不喜欢体制内的安逸，但更向往无拘无束的自由生活。

研究生毕业之后，凭着几篇发在杂志上的小文章，我进了南方一家报社。

我从小就喜欢写东西，这个工作也算是对口了。

这几年来，记者的名声和地位一路江河日下，到处都可以听见“纸媒已死”的哀鸣，无冕之王的风光再已无处可寻。

我有时也在自问，为什么还在坚持，为什么还不换个工作？原因除了我别无所长之外，更大程度是因为这是个相对自由的工作，没有那么多条条框框束缚我。

而且对于我来说，做什么工作其实都不是最重要的。最重要的是我一直在写，从未停止。除了写作之外，我别无其他壮志。写作是我一直在做，而且还将做一辈子的事。

记得毕业前夕，翱姐走过来，笑盈盈地说想和我合影留念。我爽快地答应了。后来看那张照片，她脸上是春风一般的微笑，手轻轻地揽着我的肩，而我却灰头土脸，就像一颗土豆站在一朵鲜花旁边。

我们曾经挤在一个被窝里聊天，她说这辈子最羡慕的人就是我，爱谁谁，不爱拉倒，来去如风，无拘无束，从来不会委屈自己。

我听着听着忍不住笑出了声。她不知道，我的前半生老是仰起头观望着她那个流光溢彩的世界，到现在还有点脖子酸痛。

“土豆和鲜花为什么能够成为朋友？”我曾经这样问翎姐。

她说：“因为我们是用灵魂在相爱。”

或许，每个叛逆的女孩都想过要做豌豆公主，每个公主也都想偶尔地叛逃一下。

如今，翎姐和我生活在各自不同的世界里，我们的灵魂却越过万水千山，隔着人群两两相望。我们的关系，也从年少时的暗暗较劲，变成了惺惺相惜。

和小时候一样，她仍然那么风光无限，我呢，也仍然徘徊在主流价值认定的成功人生之外。

可是那又有什么关系，我们一天天成长着，面目越来越清晰。她过上了她想过的生活，我也是。

我们终将成为自己。

第5章

其实我很可爱

神经侠侣

好有米

找个能一起玩的人就嫁了吧

我想抱抱曾经的自己

神经侠侣

“等有钱了，我们去买个小岛隐居吧。”

自从听说舟山群岛有很多无名小岛在拍卖，有的起拍价才不过几千块时，余敏动不动就两眼放光地跟男朋友小顾描述她的小岛之梦。

“岛不用多大，有山有水就行，岛上要种满桃花，天气好的傍晚，岛上的男男女女们就坐在桃树下，烤烤肉，喝喝酒，桃花疏影里，吹笛到天明。”

“还烤肉呢，就不怕把桃花都熏死了？”小顾笑她。

余敏不理他，继续兴冲冲地在本子上写她的小岛侠友清单，“这个朋友还不错，古道热肠，把他的名字添上吧；那个朋友以前觉得仙风道骨，最近发现一身的俗气，看来名字得划掉。”

小顾有时候也帮着参谋一下，大多数时候只是笑眯眯地看着她忙碌。余敏这个时候的样子通常很认真，眉头微微皱着，嘴角却不自觉地往上翘，那是她内心快乐的信号。

他从不嘲笑她不切实际，现代人谁都累，如果连梦都不让人做，那活着也太无趣了。虽然她的梦听上去完全没有实现的可能，可是做梦本身，已能让人从乏味的现实中暂时抽离出去了，这就足够了。

在遇到小顾之前，余敏十分孤独。一种生为怪胎的孤独。

人小时候都会有梦想，余敏八岁那年就有了自己的梦想。

那年她跟着爸爸去邻村看露天电影，去的时候电影已经开始了，她骑在爸爸的肩头，透过密实的人群往里面看，只见银幕上一群人在打架，其中有个小伙子，又机灵又帅气，眼睛好像会说话。小小的她一下子被吸引住了，看到那个小伙子出家当小和尚后，隐隐又有些难过，差点儿哭了。

这部电影她反反复复看了七八遍，为此和小伙伴们跑遍了方圆十里的所有村庄。她知道小和尚练功的那个地方叫少林寺，在她心目中，那是世界上最神奇的地方，只要在那里待上几年，就能脱胎换骨、武功盖世。

不单是她，小伙伴们都想去少林寺练武，于是相约离家出走。出走前，大伙儿曾经有过一次郑重的交谈，有人担心："师父不收怎么办？"余敏坚决地说："不收就跪在少林寺门口，跪上三天三夜，肯定会收的。”怀着对练就盖世武功的憧憬，他们出发了，走啊走啊，不知道走了多远，有人腿肚子开始抽筋，有人嚷着饿了，最后只得打道回府。

这次未遂的出走为大多数小伙伴换来了一顿饱揍，其中就有余敏。她趴在板凳上，忍受着竹条抽在屁股上的疼痛，小拳头攥得紧紧的，眼含热泪地想：“总有一天，总有一天我会去少林寺的。”

不久之后，她又迷上了练功，买了个小沙包每日在家中击打。她的小伙伴们，有练铁沙掌的，有劈砖头的，也有练铁头功的，可怜这些孩子啊，无不搞得头破血流。而她的小沙包不堪她的百般蹂躏，终于在半年后沙漏袋亡。

幸好，武侠小说把孩子们从终日疲乏的练功中拯救出来了。在金庸古龙的笔下，高手往往不是朝夕苦练出来的，而是主人公一不小心跌进山洞，或者一下子被高人打通任督二脉，突然之间就功力大增。

余敏现在还记得她看的第一本武侠小说，是从堂叔手里抢过来的，封面都撕掉了，说的是书呆子段誉闯荡江湖的种种奇遇：他吞了一只朱蛤，遇到了一个冷美人，最重要的是，他还遇到了一个赏识他的人。那个人叫南海鳄神，看起来凶巴巴的，其实蛮单纯，老是缠着段誉说：“你骨骼清奇，是块练武的好材料，快拜我为师吧。”

那本书是打着手电筒在被窝里偷偷看完的，余敏头一次发现，世界上原来还有这么好看的故事！从那以后，她就一头扎进了武侠小说的汪洋大海中，金古梁温一一看遍，连全庸和金康的书都没有放过。

余敏还和班上几个同学成立了一个民间小团体，美其名曰“逍遥门”，取庄子《逍遥游》之意。为表郑重，几个初中生还特地撮土为香、义结金兰，发誓此后有福同享、有难同当。

她还记得，有部片子叫《群英会》，说是一个得到了九转灵童的人穿越到了古代，相继碰到了杨过、段飞、楚留香等各个时代的侠客。看了那部电影，她做梦都想拥有九转灵童。她可不想穿越到什么清宫去，整天和阿哥们谈恋爱烦不烦啊？她想去的地方叫“江湖”，有着令狐冲和萧十一郎的江湖，那是个多么令人神往的地方啊。

她甚至给自己想了许多名号，“余敏”这个名字太俗了，一听就是江湖小虾米，特别是余这个姓，太过平凡，什么好名字前面加个余都给糟蹋了。要是姓叶、姓楚就好听多了，最好是复姓，像慕容啦、上官啦、令狐啦，一听就特别武侠。她决定了，一旦穿越回去就改姓慕容。

这种迷恋和幻想在小时候看起来都没什么，可一旦成年后还在持续，多半会被人认为不正常。当年那些和余敏一起打过沙包、一起离家出走过的小伙伴们，仿佛在一夜之间就成熟了，他们对过去绝口不提，一个个摇身一变成为“社会栋梁”努力奋斗着。

余敏却一直还待在那个梦境里，不愿意醒来。正因如此，她与现实世界总显得有些疏离，对那些人们孜孜以求的事物，她往往表现得无可无不可。这和“淡泊”什么的扯不上关系，纯粹是因为她心不在焉罢了。

直到大四那年，从某所二流大学冷门专业毕业的余敏开始为找工作发愁。都说南方工作好找，她随着人流懵懵懂懂地来到南方一座城市，持续跑了半个月的人才市场，找工作的要求一降再降，却连工作的门儿都没有摸到。晚上躺在十元店的大通铺里，焦虑得整晚睡不着。

南方的六月热得烁石熔金，余敏抱着投不出去的简历，走在热浪逼人的街上，头一次清醒地认识到，这辈子真的不可能穿越回到过去了。既然没法离开这个操蛋的世界，她所能做的，唯有想方设法活下去。

穿越梦粉碎了的余敏再一次回到人才市场，终于找到了人生中第一份工作——一家小公司的推销员。

后来她又做过很多份工作：卖过保险，推销过化妆品，当过文员，都是些不怎么样的工作。晃荡了几年之后，跳槽到一家专营办公家具的外企，做的还是销售，工资涨了不少，但也只够租间好点儿的房子。好歹算是稳定了。

小时候那么盼望成为侠客，长大了才发现，不但成不了侠客，还找不到工作，买不起房。多么残酷的现实啊！

最落魄的时候，余敏曾经在一个姐们儿那里蹭吃蹭住了一段时间，没错，就是初中时义结金兰的某位。一开始姐们儿下班回来还会顺道带点儿菜回来，大约一个星期后就开始晚归，余敏捧着手中的方便面，傻乎乎地问她："要不要给你也泡一碗？"姐们儿淡漠地摇摇头，脸色比冰还冷。

余敏尽量装作看不懂她的脸色，别过头去，眼泪却忍不住"刷"地掉进了方便面桶里。是谁说过"有福同享、有难同当"的？当年的誓言像是一句笑话。

第二天，余敏就搬了出去，后来她找到了工作，倒是陆续收留过一些人，有些是她老乡，有些是同学。她挣的也不多，但只要有人来投奔她，一个盒饭总是请得起的。有个小师妹，在她那儿住了两个月，余敏每天回家，都会给她带个五块钱的盒饭。小师妹娇气，有时会嫌盒饭不好吃，她也不生气，顶多第二天加两块钱换个好点儿的菜。

两个月之后的某一天，她加班回来，发现小师妹已经走了，一同带走的还有她放在家里的一千块钱。书桌上放着一张纸条："师姐，江湖不好混，我还是回老家了。你是个讲义气的人，钱我暂时借用一下，以后有机会再还你。"

余敏手里拿着的盒饭“咣当”一声掉在了地上，饭菜撒了一地。

在遇到小顾之前，余敏也交过两个男朋友。

第一个交往了三个月，后来分手是因为余敏借了笔钱给朋友，他担心人家不还瞒着余敏偷偷问人要，钱是要到了，余敏却因此和他翻了脸。

第二个是主动不要余敏的。导火线是他们有次一起坐公交车见到有人在偷东西，余敏非要冲上去打抱不平，男友拉都拉不住。结果下车之后，他们被偷盗团伙给堵住了，还算没有吃大亏，只是各自被扇了几个耳光。无辜的男友被扇得两耳轰鸣，越想越后怕，渐渐就不来找她了。

余敏一头短发，浓眉大眼，说起话来嘎蹦儿脆，从不拐弯抹角，她吸引男人的是那份飒爽和单纯，最终被嫌弃的也是这两点。就像她的历任老板一样，招她的时候夸她直爽，日子久了就向她翻白眼，现在这个销售主管都不止一次说她：“小余啊，你看着蛮聪明的一个人，怎么这么一根筋啊。”

“小余啊，你这么下去，每个月的销售量都是垫底。”

“小余，我看你就是入错了行，要不考虑干点别的什么。”

……

余敏唯唯诺诺，视线聚集在他一张一合的嘴上，心想：“要是会隔空点穴的话，保准让他在一秒钟之内闭嘴。”这么想着，她倒没上火，脸上反而浮现出一个奇异的微笑。她知道她不适合做销售，可问题是，只有工作挑她，哪还轮得上她来挑工作啊？再不适合，也只有硬着头皮上了。

余敏常常感到孤独，直到有一天，她遇到了小顾。

她和小顾是在工作饭局上认识的。

那天的客户特别烦人，据说是个老文青，多喝了两杯谈兴就高了，对着一桌子人猛侃文学，从鲁迅一直聊到余华，最推崇的文学作品是《平凡的世界》，认为古往今来，独步天下。

余敏正在喝汤，听到这一口老鸭汤差点儿没当场喷出来。想着合同还没签，连忙硬生生吞下去，一张脸憋得通红。

好不容易磨着把合同给签了，她借口要接电话，溜到阳台上吹风。

阳台上已经被人占领了，是个清瘦的男人，正在抽烟，烟头一明一灭，照出他的脸有几分疲倦。他是老文青的手下，刚刚派过名片的，只记得他姓顾。

男人忽然问她：“我看你刚才忍不住想笑啊。”

“没有的事。”她连忙否认。

“没事，想笑就笑吧，以后还要打交道，可别憋成内伤。”男人顿了顿，又加一句，“要是会隔空点穴就好了，不想听就随手一挥，定教他一秒之内闭嘴。”

余敏很震惊，她抬起头，眼前这个原本有点儿模糊的男人面目忽然清晰起来，夜色中他的眼睛特别亮。她不知道说什么好，嗫嚅着叫了一声：“顾先生。”

“叫我小顾。”他说，“我记得你的名字，你叫余敏，余鱼同的余，赵敏的敏。”

她常常这样自我介绍，听者往往不知所云，倒没想到他记得这样清楚。她调皮起来，反问了一句：“那么你呢，你那个顾是顾惜朝的顾么？”

两人相视一笑，那笑容的意味是：总算找到同道中人了。

饭局散后，小顾叫余敏去吃夜宵。

他骑一辆电动车，后面载着她。车子七拐八拐的，路越走越偏僻，余敏紧紧攥着他的衣角，心里竟是安定的。

拐了很久才来到一条幽僻的小巷子里，小顾把车停稳，招呼余敏下车。巷子里只有一间面店还亮着灯，门脸儿很小，连灯箱都没做，只在门口用毛笔写了一个大大的“面”字，墨汁淋漓，饶有古意。

天空下起了小雨，小巷僻静，一灯如豆，简直就是古龙小说中的意境。

小顾带着她轻车熟路地走进去，也不看菜单，张口就叫：“老板，来两碗牛肉面。”

余敏暗自打量了一下，小店真是简陋，桌椅都是朴拙的木头家具，桌面上黑乎乎的积着一层陈年油垢，看上去起码有一个月没有擦过了。

不一会儿面端上来了，装面的粗瓷碗有一个小脸盆大，面条雪白，葱花碧绿，牛肉切得比纸还薄。小顾往面里搁了两勺辣椒油，也不问她，给她也加了两勺。

“你怎么知道我吃辣？”余敏很惊讶。

“刚刚吃那些广东菜，嘴里都要淡出鸟来了，我看你一晚上也没吃什么。”

加了辣椒油的面条味道特别浓郁，余敏连汤都喝光了。结账的时候小顾低下头，小声说，你看那个老板，像不像个退隐江湖的绝世高手？

余敏死盯着柜台后的老板看了一阵，发现此人虽然身材矮小、外形猥琐，但一双眼睛偶尔睁开时，确实称得上精光四射。刚刚吃的面如此筋道，揉面的人得有一身的力气，说不定的确是个练家子呢。

走出店门后，她把这些想法都说了出来。

小顾笑得弯了腰，说：“我就是开个玩笑，你还当真了啊？我刚刚那么说的时候，还怕你骂我是个神经病呢。”

余敏笑笑不说话，心里想的是：“不要紧的，就算你是个神经病，总有一天，也会遇到另一个和你相似的神经病。”

小顾发动了电动车，她轻轻跳上去，手不再攥着他的衣角，而是围上了他的腰。

小顾吹着口哨，她哼着歌，哼的是《沧海一声笑》，两个人都很快活。

两个神经病在一起后会有什么化学反应？答案就是：他们会变成两个闪闪发光的神经病。

余敏从来没有想到，会遇到一个成长轨迹和她如此相似的人。

就在她把武侠小说一本本藏在课桌里，然后从桌子上挖个小洞往里面看以躲避老师雪亮的目光时，小顾正在给从租书店租来的书包书皮，《笑傲江湖》外面包上了数学书的书皮，上数学课的时候可以大大方方拿出来看，5 毛钱一本租来的小说，可不能轻易让老师没收了。

她打沙包的时候，他在练拳法，为了打好醉拳，偷了爸爸的米酒喝，结果醉得东倒西歪，在滚烫的晒谷坪上昏睡了一下午。

她有义结金兰的小姐妹，他当然也有拜过把子的小兄弟。她和小姐妹只是纸上谈兵，他和小兄弟在当年可是实打实地结伴打过架。

他们都爱打武侠类网游，在《金庸群侠传》里，他叫令狐冲，她叫程灵素。

可别说，他的确有点像令狐冲，有种落拓不羁的气质，看上去对什么都满不在乎。最让余敏心动的，就是这点儿“满不在乎”，身边太多年轻人削尖了脑袋钻营，谁还敢满不在乎啊？小顾公司是做IT的，他人其实蛮聪明，公司里的女孩子都说："如果小顾能够把打网游的心思放在工作上，早就成骨干了，真是可惜了。"弦外之音透着不屑。

余敏倒没觉得有什么可惋惜的，没出息就没出息好了，她愿意陪着他一起没出息。她还是更喜欢眼前这个没什么钱，可每天都过得快快活活的小顾。真要有钱了，人家还不一定看得上她呢。

在没有相遇之前，他们脑子里都有很多奇奇怪怪的念头，苦于无处施展，两个人一接上头，正好把这些念头付诸实践。

他们干的第一件大事是去会侠友。小顾和余敏一样，常年混迹于各类武侠论坛，像什么仗剑天涯啦，金庸客栈啦，以笔为剑，以文会友，两个人还都有点儿小名气。混来混去的，认识了一帮侠友，平日闲来就在QQ群里"谈古论金"，聊来聊去总觉得这样网聊实在不过瘾，还是得当面切磋。

小顾于是广发英雄帖，召集各路好汉，于某年某月某日在某地共聚首。帖子一发出，网上应者如云，报名的挺多。

到了当天，小顾和余敏一早去了，等了好久，稀稀落落来了几个人，围着桌子一坐还不满一桌，大家的兴致就有点儿低落了。开聊后，全不像在论坛上碰到那样投机，只聊了几句武侠，有人就急急地将话题引向了高涨的房价，引起了在座者的普遍共鸣。

有位女侠友在论坛上久慕小顾之名，缠着他问东问西，又旁敲侧击地打听他有没有房子。

小顾坦然相告："我还租房子住呢。"

女侠友"哦"了一声，再也没和他说过话了。

茶喝过了，饭吃过了，侠友们都说还要赶回去上班，一个个飘然离去。留下小顾和余敏面面相觑，他们没想到，在论坛上豪气干云的那拨人，到了现实生活中竟然是这样俗气的寻常男女，张口房子闭口车子，听得他们两耳滴油。这还不打紧，吃完后就没有一个人提出要买单的，哪怕是AA都没人提过。

他们只好掏钱结账，心里都有点儿不是滋味。

首战未捷，他们并不气馁，又兴致勃勃地策划要去参加传说中的武林大会。这是余敏首先建议的，她一直盼望着，能在武林大会上碰到个绝世高手，对她说："你骨骼清奇，是个练武的好材料，快跟了为师去吧。"

现代还有武林大会吗？当然有，中华武脉未绝，各大门派都还兴盛着呢。那年的武林大会，是在遥远的新疆举行的，新疆啊，那可是个英才辈出的地方，有过下天山的七剑，也有过飞红巾和霍青桐。

按余敏的意思原本是要坐火车去的，小顾怕她吃苦，咬咬牙买了两张机票，正好是暑假，票价贵得要死。

赶到那里一看，开幕式还挺热闹，各大门派的人在台上逐一排开，集体亮相，看上去还挺像那么回事儿。余敏兴奋得直捏小顾的手。

到了施展技艺的环节，一个个掌门人先后登台，施展浑身绝活儿，他们在台上一招一式耍得挺起劲，台下的观众却傻了眼，有个二愣子大喊一声："这不是老年太极拳吗？"在一片哄笑声中，小顾打了个哈欠。

更离谱的还在后面，有个观众实在看不过眼，登台现场向崆峒派掌门挑战。两个人在台上比画了几分钟，都累得气喘吁吁，崆峒派掌门眼瞅着吃不消了，连忙抛出一句"点到为止"，双方就算战了个平局。可在余敏心目中，这都哪儿跟哪儿啊？好歹是一代掌门，连个路人甲都打不过，她比掌门人还要羞愧，深恨自己连累了小顾，对不起花两千大洋订的机票啊。

再后来，他们又有了侠游天下的雄心，打算把小说中侠客们所到之处一一走遍，为此还特意买了张地图做标记。小顾用红笔把想去的地方一一标出，一标记才发现，当年那些侠客们真是万水千山纵横啊，韦小宝就去过俄罗斯，张无忌他们还漂流到了北极附近呢。

以他们的财力，俄罗斯和北极是暂时去不了的，只好舍远求近。少林寺也不必去了，听说都成上市企业了。第一站选了大理，不消说，是冲着段誉的故乡去的。

所有热爱武侠的人，对云南的向往都是由大理引发的吧？余敏还记得多年前，她坐在自家的小阁楼上，一部《天龙八部》翻到脱页，最爱的始终是开头的“段十回”。在她的想象中，大理俨然是一个武林中的桃花源，那里有茶花满路，有玉壁清泉，有上关风下关月苍山雪洱海月，苍山之脚洱海之畔，生活着一群如段公子般温柔多情的白族儿女。

没想到大理之行首先给她泼了盆冷水。因为赶得不巧，他们只有坐卧铺车从昆明前往。正是 8 月盛夏，卧铺车封得罐头一般，里面装着挤成沙丁鱼状的数十位乘客，几十双鞋子齐刷刷脱下来，那气味儿，大家可以想象一下。就这样，大理迎接他们的不是一路茶花铺道的风流旖旎，而是满车污浊的空气。

大理的风景还是不错，错就错在他们不该听了旅店老板娘的忽悠，报了个“一日游”。导游是个黑壮的白族男人，一脸的横肉。短短的一天行程，此人居然带他们进了三个购物点，绝大部分人都买了东西，但是他还是不满足，快要散团时还嚣张地辱骂游客说：“我就是为消费的游客服务的，那些不消费的游客，来这里纯粹是占用大理州的资源，没有为大理州做任何贡献，大理不欢迎这样的人。”

余敏坐不住了，睁大眼睛死劲地瞪导游，不服气地回话说：“你在说谁呢？”

胖子导游恶狠狠地瞪回她：“谁没买东西我就说谁！”

余敏气血上涌，“噌”地从座位上站了起来，准备冲过去跟他好好理论一番。这时候，她的手被紧紧拉住了，是小顾，他纹丝不动地坐在座位上，右手轻轻摆动，低声劝她："别和他计较了。"

余敏当时是坐下来了，之后越想越生气，一肚子的浊气没地方发泄。她对这段旅程真是太失望了，连风景都无心看。她对大理失望，对自己失望，对小顾失望，对整个人生都失望了。

她几乎可以想象自己的后半生，跟这么个男人捆绑在一起，受了气只能委委屈屈地忘掉，得不到的东西只好骗自己说"不想要"。剥去"与世无争"的假象，呈现出来的是"懦弱无能"的真面目。她微微有些厌烦小顾，就像厌烦并不勇敢的自己一样。

她都想把小顾从她的小岛清单里面划掉了，只是她的小岛计划，有生之年还能够实现吗？

从云南回来之后，余敏对小顾就有些冷淡，他倒是没事儿人一样，还是照常开着电动车来接她，有时也会载她去小巷吃一碗面。

事情就发生在面馆里。

当时，夜还不算太深，可能是十点钟的样子，巷子里还有人在来来往往。小顾和余敏和往常一样，各点了一碗牛肉面。他吃得大汗淋漓，她却拿着筷子一直在发呆，心里纠结着，究竟要不要继续和他对坐着吃一碗牛肉面。

然后他们就听见了门外的争执，一辆自行车和一辆小车撞上了，也不知道是谁撞的谁。从小车上跳下了三条大汉，气势汹汹地围住了骑自行车的那个女人。女人起初还在奋力争辩着，被其中一条大汉一拳捣在地上，她还想挣扎着起来，后面又上来个人一脚踩在她胸口，踏得死死的。

“求求你们，放过我吧！救命啊！”女人凄厉的呼喊回荡在苍茫夜色中，巷子里陆续有人经过，看她一眼，忙不迭地跑开了。

大汉们你一拳，我一拳，捣蒜一样落下去，女人的呼救声逐渐变得微弱。

余敏放下手里的筷子，抖抖索索去翻包里的手机。就在这时，坐在她对面的小顾忽然压低了声音说：“你赶紧走，到前面那个巷口再报警。”然后他将面碗一推，起身站了起来。

“小顾！”余敏颤声叫他。

“别怕，我会没事的。”小顾回头冲她一笑，是他惯常那种懒洋洋的笑容，说：“我还要陪你去小岛隐居呢。”

“不不不，请你不要去。”余敏张张嘴想叫住他，忽然哽咽住了，这个时候，她多么希望她的男人能够懦弱一点，自私一点，世界那么乱，装什么英雄好汉啊。

小顾拿着那个硕大的面碗往店外走，就像侠客拿着他的剑。

一步、两步、三步，余敏眼睁睁地看着他走了出去。那个被他们称为退隐高手的面店老板呢？躲到哪里去了？快点出来吧，别再深藏不露了！兴许只要他一挥手，就能叫门口那三条蛮牛血溅三尺。

可是他始终缩在柜台后面，连一声也不敢吭。

小顾已经走近那三条大汉了，可以清晰地看见，他把手中的面碗猛地砸到了其中一人的后脑勺上。这个动作真是帅极了，比什么“如来神掌”“兰花拂穴手”都要帅。

余敏总算拨通了110，就在她说出事发地址的几秒钟内，小顾的脸上已经挂了两道醒目的鼻血。又有几个路人经过，谁也没有拔刀相助。

那些传说中的高手和侠客们，这个时候都到哪里去了？

泪眼朦胧中，只见小顾的头被残忍地踩在了脚底下。

幻想中的场景一样都没有出现，警察没有从天而降，面店老板没有仗义出手，连路人也不曾打抱不平。

可是余敏终于冲了上去，挥动着拖把，流着眼泪，喊着小顾的名字加入了混战中。

她披头散发，他鼻青脸肿，他们看上去一点儿都不像侠客，但余敏冲上去的那一瞬间，蓦地好像真的穿越到了过去的那个江湖，江湖再寂寞如雪，好在还有小顾和她并肩作战。

好有米

你有没有养过狗？

我小的时候，家里曾经养过一条大黄狗。在乡下，狗是没有名字的，它的毛是土黄色的，姑且就叫它大黄吧。

大黄比我还大一岁，是我童年时代最忠实的玩伴儿和守护者。爸爸上山砍柴的时候，我和大黄就在林间玩耍，我捡松球，大黄也跑来跑去用嘴帮我衔。我们去外婆家，大黄撒开脚丫子在前面为我们开路，快要到了就“汪汪”叫两声，通知外婆出来迎接我们。

大家都说它是条有灵性的狗，去外婆家的路十几里，它从来就不会迷路，混得熟了，常常自个儿往返于我家和外婆家之间。乡下养狗多是为了防盗，大黄在这方面特别称职，只要一有陌生人接近我们家，它就会汪汪大叫，有次来了个从未登过门的远房亲戚，它跑出去咬住人家裤腿往外拉，直到奶奶呵斥它才作罢。

我十岁的时候，大黄已经很老了，也不像以前那么灵敏了。有次它独自去外婆家，路上误食了耗子药，它硬撑着跑了回来，在地上痛苦地滚了一阵后，就口吐白沫死掉了。

我始终忘不了，大黄临死前望着我的眼神，黑黑的狗眼睛里像是汪着一包水，无比眷恋地盯着我看。它哭了么？

从那以后，我再也没有养过狗，因为我害怕分离。

我的同事阿杜是个狗狗控，他和女朋友共同养着一条巨型牧羊犬。那家伙长得又高又壮，一身油光发亮的黑毛，又特别爱和人亲热，有次我去他们家玩，它一个箭步冲上来，爪子直接搭到我肩膀上，吓得我差点没晕过去。

阿杜的女朋友用粤语娇声叫它的名字："有米，不许淘气！"

它听见后收回爪子，乖乖地趴在女主人的脚旁，舌头伸出来有两寸长，这么壮实威猛的家伙，卖起萌来居然还挺可爱的。更有趣的是，它叫"有米"，真是个喜感的名字，在粤语里"米"就是"钱"的意思，很多人的生平愿望就是希望能够"好有米"。

阿杜说，这个名字是他女朋友起的，她真是个古灵精怪的女孩子啊。

有米特别能吃，而且无肉不欢。堆尖的一盆肉，它伸出舌头来，拿出气吞山河的架势，三两下就吞完了。

说起来，阿杜和女朋友算得上是"犬为媒"。他们住在同一个小区，都喜欢喂喂流浪猫狗，有米就是被喂养的流浪狗之一。一来二去的，两人就住在了一起，还顺带收养了有米。阿杜是个顾家的潮汕男人，烧得一手好菜，在他的喂养下，女朋友迅速地白胖起来，有米的外形也从刚进门的瘦骨嶙峋壮大成了威武凶猛。我总觉得，它之所以成为流浪狗，很可能是因为太能吃了，前主人供养不了才狠心把它丢了。

遇到阿杜是它的福气，阿杜可疼它呢，每天下班都会去菜市场称几斤牛腩，回到家炖萝卜牛腩，有米吃肉，他和女朋友喝汤。

这样的生活过了两年，居家男人的好厨艺没有留住一颗想飞的心。女朋友去了美国，临走前给有米打了各种防疫针，办了各种证件，说要带它一起去。

女朋友走的那天，阿杜没有去送。他照例上班，下班后照例买了几斤牛腩，回到家加点萝卜炖得喷香。炖好后，他习惯性地叫有米来吃，没有听到预想中的犬吠声，这个时候他才确定，他终于失去了它，还有她。

窗外下着倾盆大雨，砂锅里的萝卜牛腩汤“咕嘟咕嘟”地往外冒，煤气灶上的蓝色火焰越来越微弱，他的眼泪“叭啦啦”掉了下来，心想着就这样死去也无所谓。

这时候他听见挠门的声音，打开门，有米连滚带爬地撞到他怀里，劲儿大得差点儿把他撞翻在地。

他搂住有米，发现它全身的狗毛都淋得湿透了，有些地方还卷成了球，从机场到他家的路程开车都要一个半小时，又下着这么大的雨，它是怎么跑回来的？

有米把头埋在他的怀里，嘴里发出呜咽的声音。它一定觉得很委屈吧？它肯定认为他遗弃它了。

阿杜给它好好洗了一个热水澡，然后细心地用吹风把它的狗毛吹干，又梳得光滑无比，一人一狗偎依在一起共享晚餐，它吃牛腩，他喝汤。

一屋子萝卜牛腩的浓香中，他摸着有米的头，感觉自己又活过来了。

女朋友在转机时打来电话，气急败坏地告诉他："有米跑了。"

他平静地回答说："它回来了，和我在家里呢。"

女朋友顿了顿，说："这样也很好，它可以陪陪你。"

她走了，没有女主人的房间，总是不够温馨，但至少还有一只狗，不离不弃地陪着他。

阿杜说，刚刚失恋时他甚至想过去死，是有米的出现挽救了他，他发现他的存在还是有价值的，哪怕需要他的仅仅只是一只狗。

他和有米，都像是女朋友留下的纪念品，少了那么一丝活力。

那段时间，阿杜把自己封闭起来，拒绝和同事朋友们交往，以前他工作起来是个拼命三郎，那时却仅仅完成份内的工作，就早早回到自己的小窝中，煮牛腩给有米吃。

他和有米，那段日子里真的称得上相依为命。

有米像是察觉到了他不开心，原本好闹好淘气的个性一下子变得安静乖巧。有时他心情不好，站在阳台上抽烟，有米就把两只爪子搭在阳台上，陪着他一道忧伤地眺望着远方。有次他喝多了，躺在地上哭了，朦胧中觉得脸上湿湿热热的，后来才知道，原来是有米伸出它的大舌头，为他舔干净了脸上的泪。

做我们这一行的常常要出差，阿杜一出差的话，就把有米寄放在宠物托儿所。有次去北京去了一周，回来一看，有米瘦多了，肚子都瘪下去了，他心疼极了，估摸着肯定是宠物托儿所的人没让它吃饱。

那次回来之后，阿杜做出了一个疯狂的决定。他休了个长假，开着他那辆破破的马自达，一个人从广东自驾去西藏。有米当然也带着去了，它很拉风地坐在副驾上，狗肚子上还系着安全带。

其实在很久以前，阿杜和女朋友还没有分手的时候，曾经计划着有一天能够开着车，带着有米一起自驾游去西藏。那时总是想着，等哪天假期攒够了，换了辆好车，再出发也不迟。

等到真正出发的时候，车还是那辆破车，狗还是那只狗，只是身边少了一个人的陪伴。

这次长途自驾对阿杜来讲与其说是旅行，不如说是自我放逐。他白天开车，晚上找间旅馆随便睡一觉，然后继续出发。

他从肇庆开到了南宁，然后取道云南，经过香格里拉和德钦去往拉萨。一路青山绿水、蓝天白云、美如画卷，他给在阳光下奔跑的有米拍照，背景是洱海丽江玉龙雪山，镜头对准狗狗时，总觉得里面还有个幻影。他把车一直开到了珠穆朗玛峰下面，站在白象似的群山前，他想自己真是白白辜负了这么好的风景。

马自达倒是很争气，漫长的旅程中只熄过两次火，第二次熄火是在沿途返回时，当时快出藏区了，他正在鼓捣车时，两个劫匪揣着刀逼近了他。

阿杜在雪亮的刀光胁迫下，掏出了随身带着的钱包。他想自己这下真的是穷途末路了，车坏了，钱也没了，下一步就该曝尸荒野了。想到这点，他反而有种隐隐约约的安然。

就在劫匪打开钱包查看时，有米狂叫着飞奔过来，一下将那个劫匪扑翻在地。巨型犬发起怒来可不是盖的，阿杜说，当时有米全身的黑毛都竖了起来，看上去像只藏獒，不，比藏獒还要威风，它直立起来比一般成年男人还要高半个头。

两个劫匪慑于有米的神勇，悻悻地扔下钱包跑了。

有米叼着钱包，一拐一拐地向阿杜跑来。他这才发现，它的腿被刺了一刀，鲜血直流。

阿杜从西藏回来后，人生观像是发生了重大转变，说："以后不想再出差。"于是很洒脱地辞了职，开了一间茶餐厅。

他和有米的故事，我就是在这间茶餐厅吃饭时断断续续听他讲起的。

我夸有米真是狗如其名，知道守财啊。

阿杜笑笑说："它可不是为了钱。"

"不是为了钱，干嘛拼了狗命去抢钱包？"

阿杜打开钱包，我看见了钱包里的照片，是张合影，两人一狗亲密相拥，有米站在他们中间，在一人肩膀上搭一只爪子，两只狗眼笑得眯成了一条线。

"有米，过来。"说完了故事，阿杜招呼有米过来用餐。它欢快地奔了过来，我注意地看了看它的腿，有点儿瘸，还好瘸得不明显。

忘了告诉大家，这间茶餐厅很好找，它的招牌上写着三个红通通的大字：

"好有米"。

找个能一起玩的人就嫁了吧

几个闺密在一起聊天，总喜欢说说爱情，这一次，她们说起身边情侣中最令人羡慕的爱情模式。

闺密 A 说是教授和他夫人，这一类属于情人知己，有点儿像钱钟书和杨绛那类，两个人既是学术路上的好伙伴，也是生活中的好搭档。

闺密 B 说是小琪和她老公，小琪大学一毕业就嫁了人，老公大她十岁，宠她宠得像公主，家里家外一手抓，小琪一点儿都不用操心。用闺密 B 的话来说，小琪老公要是再有钱一点儿，简直就是“霸道总裁遇上灰姑娘”的现实版啊。

闺密 C 说是淳淳和浩子。这一对完全可以用琼瑶剧的歌词来形容：“你是风儿我是沙，缠缠绵绵到天涯。”两个人见天地在微博微信 QQ 空间晒恩爱，当着朋友的面也能卿卿我我，腻歪得让大家都暗暗想到那句“秀恩爱死得快”，结果他们非但没分手，结婚五周年还跑马尔代夫去腻歪了。

她们都催问我：“说说心目中理想的情侣是什么样？”我想了想说：“要说羡慕，还挺羡慕大熊和小可这一对的。”

闺密们深表不屑，有人甚至说：“呀，那对逗比。”

我笑笑没反驳，可别说，“逗比”两个字还挺形象的，我还真找不到更形象的两个字来形容他们。

大熊和小可，可不就是一对逗比情侣嘛。

大熊是我校友，高我很多届，每次校友聚会都争着买单，看在钱的份上，大家都叫他一声“大师兄”。这声“大师兄”没多大敬重的成分，大熊人挺好的，就是总有点儿不靠谱。

大熊人如其名，长得高大威猛，往那一站，敦厚威风的样子活像黑熊，为此赢得了这个外号。可别被他的外表欺骗了，此人心思细腻、极有情调，爱旅游、爱摄影、爱泡吧、爱飙车、爱各类极限运动，什么都喜欢，什么都会一点儿，是个典型的玩家。

刚毕业那会儿大熊考入了一个政府部门，还挺抢手的，很快被一个女孩子死死盯住了。俗话说“女追男，隔层纱”，没几个回合，女孩儿就成功地抱得大熊归，两人颇恩爱了一场。

可是好景不长，两个人很快就吵得不可开交。主要是大熊结婚后还是一样的贪玩儿，哥们儿叫他都是随叫随到，半夜三点还会拎着摄影器材去拍“双星伴月”。结婚之前，女孩儿觉得这是浪漫；结婚之后，只觉得他是任性胡闹。大熊也挺纳闷，其实他婚前婚后一个样，怎么老婆对他的态度就有这么大的变化？

两个人闹来闹去的，期间还生了一个娃。女孩儿心想：“你都当爹了，总该收心了吧？”没想到大熊丝毫没变，有次她回娘家让大熊照看一下孩子，结果他直接把孩子带到攀岩现场去了。

女孩儿彻底死了心，提出了分手。离婚的时候大熊还挺仗义，把房子孩子都给了前妻，自己就分了一辆破破的高尔夫，倒没见他有多消沉，仍然像以前一样，开着车到处晃荡，每天咧着嘴傻乐傻乐的。

实际上第一次婚姻的失败对大熊的打击还挺大的，从那以后，他对婚姻就失去了信心，总觉得自己可能完全不适合婚姻。朋友们给他介绍女朋友，他都不上心，吃两顿饭就玩失踪，深怕再被婚姻套牢。

小可就是在这个时候出现的。

小可在一家杂志社做美编，刚毕业没两年。姑娘长得秀秀气气的，平时闷声不响，其实骨子里挺风花雪月，属于典型的闷骚女，偶尔发表点儿议论还挺语出惊人的，比如她曾跟我们说过：“要嫁就得嫁个能够一起玩的人。”

我们这些过来人都笑她太天真。好玩，好玩能当饭吃吗？等到结婚后就醒悟了。也有人提议说：“不如介绍给大熊吧。”可是没有人当真。

没想到这两个人还真的拉扯上了。

没有人介绍，他们是在一次徒步活动中认识的。当时正好是澳门回归十周年，有人发起了百里徒步的招集帖，结果吸引了上千名驴友，小可也是其中一个。她平常虽然也爱运动，可从来没有走过这么远的路，走到半路上就吃不消了。

旁边一个男的看她一瘸一拐的，热心地把准备好的登山杖借给了她，还传授了许多徒步的经验，比如说买个登山杖啦，在鞋子中放个卫生巾吸汗啦等等。徒步的过程本来很单调，幸好有此人陪伴。他简直就是个开心果，又是说笑话，又是出谜语，逗得小可笑个不停。最后十里路，她实在是走不动了，是他用登山杖拉着她，一步一步走完的。路途中间有驴友丢下了一些塑料袋易拉罐之类的，他一边走一边还不忘捡垃圾，美其名曰“拾宝”。小可后来回忆说：“正是这个捡垃圾的细节打动了我。”

这个人就是大熊。

那次徒步带给小可的后遗症是脚背上多了几个血泡，腿酸痛了足足一周。但是我们坚持认为，这都不算什么，真正的后遗症是她遇到了大熊。

徒步回来后，小可对大熊的印象好极了，还屁颠儿屁颠儿地在朋友圈中发微信说：“相逢的人总会相逢。”

有人给她泼冷水，说你没看到他小拇指上的戒指吗，那叫尾戒。

小可自然知道尾戒代表着不想结婚，可是她说不要紧，她还年轻呢，只不过想找个有趣的人一起玩，结婚那件事实在太遥远了。

抱着这样的想法，两个人几乎可以说是一拍即合。

那段日子，大熊总是来找小可出去玩儿。我们以前都没发现，小可那么清秀的一个人，原来也是个深藏不露的玩家。他们什么疯狂的事儿都干过，凌晨起来去拍流星雨、半夜约人去赛车都是平常经历。

用大熊的话来说，就没有小可不敢玩儿的项目。他头一次带她去蹦极时还捏了一把汗，因为小可跟他说过，她有恐高的毛病。等到她站在悬崖边，他一看，她果然脸都白了，就安慰她说："实在不行你就别跳了。"

小可以为他是激将，心一横，系上安全带闭着眼睛就跳了下去。风呼呼地从耳边刮过，她大声尖叫着，感到从未有过的刺激。

大熊还在担心她是不是被吓着了，小可已经笑着跟他说："我们再来一次好不好？"

据大熊说，就是在那一瞬间，他对小可刮目相看，觉得这个女孩子和他以前接触过的任何女人都不同。

我们都以为小可只是贪玩儿爱新鲜而已，不料两个人玩着玩着，产生了强烈的革命情谊，居然到了谈婚论嫁的地步。

几个闺密都替小可抱不平，大熊不仅结过婚，还有娃了，就好比一辆车，性能再好如果是二手的也打折扣了，但小可呢？青春萝莉一枚，正经的恋爱都没谈过，这样嫁给他岂不是太亏了？

小可不以为意，她有她的道理，她就喜欢开二手车，因为经过前面漫长的磨合，二手车开起来才顺手。

还有道关卡是大熊和前妻生的孩子，谁都知道，后妈不是那么容易做的。

大熊离婚之后，和前妻倒是恢复了良好的关系，孩子虽说跟着妈，其实是两个人共同抚养，前妻有时工作忙没空，就会放在他这儿带一阵儿。

大熊和他的家人原本都担心小可和孩子处不来，毕竟，她那么年轻，自己都还是个孩子。

想不到的是，小可和那个孩子的关系十分融洽。有次孩子爸妈都没空，她自告奋勇在家照顾小孩，等大熊忙完回到家一看，小可和孩子一人一台电脑，正在不亦乐乎地玩着联机游戏。前妻来接人时，孩子都不愿意走，闹着还要跟姐姐一起玩游戏。

朋友们请教小可做后妈的诀窍，她大笑着回答："我就没把自己当他的后妈，就当多了个一起玩的小伙伴，多好啊。"

打通了这道关卡，大熊和小可的关系就水道渠成了，很快就领了证。两个人都没什么钱，婚礼没有大办。结婚那天，大熊领着一群朋友骑自行车去接新娘，每辆车上都扎着个粉红色的气球，到了小可家，大伙儿解开了绳子，上百个汽球冉冉升起，像一朵粉红色的云，把小可都美哭了。

蜜月旅行去的是新西兰，这时候的小可艺高人胆大，压根儿就不恐高了，还撺掇着大熊玩高空跳伞，上万米的高空上，大熊吓得腿直哆嗦，想着为了美人也只有狠心一跳。这一幕被小可拍了照片，上传到朋友圈，大家默默地上去点赞，心里羡慕嫉妒恨的都有，暗想：看你们能得瑟到几时。

大熊和小可没有重蹈大熊上次婚姻的覆辙。这两个人婚前婚后一个样，说他们是夫妻吧，倒不如说是玩伴更贴切，一有空就往外面跑，开着辆破车基本把全国各地都晃悠遍了。

他们都不太爱做饭，平常在单位吃，周末就一家家小馆子吃过去。大熊照片拍得好，算是本地小有名气的美食达人和微博红人，很多老板都给他们免单，只求发组图片宣传下就好。

朋友们最喜欢去的就是他们家，好多人都把他们那套小房子当成了 home party 的场所。朋友们去了，小可就给他们磨咖啡喝，她在这方面精益求精，有次为了打出一个完美的奶泡，足足调了二十多杯咖啡，把朋友个个喝得嘴里发苦。

大熊呢？忙着给大家拍照，放打口碟。有次停电了，没有音乐，他把家里的碗啊杯子啊都放在一起，一个个摸索着敲出“哆啦咪发梭啦西”的声音来，最后，居然像模像样地敲出了几首完整的乐曲。这以后都成了他的拿手好戏，不停电也常常表演。

两口子玩心太大了，单位的领导都有了意见。两个人一合计，干脆辞了职，大熊搞了个摄影工作室，小可开了家咖啡馆，开始靠手艺过日子。不知道他们生意到底怎么样，但两个人看上去都开开心心的，至少也没有穷死。

小可后来也生了个孩子，是个女娃娃。对于寻常夫妻来说，孩子的降生意味着玩乐时代的结束，可对他们来说，只不过是漫漫人生路又多了个玩伴。他们还是照样到处去旅游啊徒步啊，只是会带着娃去，大部分时候带着小的，大的孩子有空也会一起去，他不到七岁，已经很会照顾妹妹了。

前一阵子两口子带着两个娃自驾去峨眉山了，山腰有很多胖大猴子。有只猴子可能是看小宝宝长得可爱，伸出毛茸茸的猴爪来摸她，宝宝毫不畏惧，居然伸手去和胖猴子握手！

在这深具历史性的瞬间，宝宝的爸爸忙着拿相机抓拍，宝宝的妈妈赶紧发了张照片到微信上，只有宝宝的小哥哥英勇无畏，警惕地挡在了妹妹身前。

这张与猴同乐的照片传到朋友圈后，引起了朋友们对宝妈小可的一顿批判，大家都说她这妈当得太四六不靠了。可是，靠谱的人生是多么乏味啊。

小可嫁给大熊已经四年了，刚结婚时，有个姐妹曾经问她："终于嫁了个可以一起玩的人，感觉怎么样啊？"当时她的回答是："感觉好极了！"

四年过去了，不知道她的感觉还那么好吗？我们没有问过，但从她时时挂在脸上的笑容，从她朋友圈晒出的美食美景来看，估计不会太赖。

我想抱抱曾经的自己

1

我是沈欢颜，二十八岁，不算老也不很年轻，有一点儿残存的姿色。上个月被老板炒鱿鱼，现在正处于失业期，心情不是太好。

昨天去一家广告公司面试，招聘的白领丽人严厉地看了我半天，目光最后落在我光溜溜的小腿上。“小姐，我们是一家对职员形象要求非常苛刻的公司，请你明白，打扮得整齐也是对公司以及客户最起码的尊重。”她礼貌地微笑。我恨不得朝她涂了十几层白粉的脸蛋儿啐上一口，但我还是笑眯眯地站起来，笑眯眯地告辞。走出去的时候，我一边在心里诅咒，一边暗暗后悔为什么不穿上那双划破了几条丝的玻璃丝袜。

下午和老公出去逛商场，希望能买上一件不是太贵又能够见人的衣服。试衣服时总是先翻后面的牌子看价格，售货员的脸色不是太热情，这年头，是人是鬼都知道嫌贫爱富。试一件短短的牛仔外套时我有点儿爱不释手，贵是贵了一点儿，争取多穿几次赚回本吧。我习惯性地问老公："萧朗，你觉得怎么样呢？"萧朗淡淡地说："我觉得你的腰又粗了，这件衣服不适合你。"趁售货员不注意时，他迅速在我耳边说："太贵了，快脱下。"

很奇怪我也没有当场发作，只是脱下衣服走人回家。萧朗问："不是说要买衣服吗？"我回答："身上的衣服还凑合，估计穿个三五年也不会破。"萧朗马上就不高兴了："你什么意思啊？少跟我这么阴阳怪气的。"我气极反笑："这是个什么年头，女人具有忍辱负重的美德，男人受一点委屈的涵养都没有。"

"好了好了！"我向他赔笑撒娇，老实说，不是怕他生气，是连吵架也懒得吵。两个人和好如初，手牵着手去逛超市。远远看来，男的挺拔英俊，女的清雅秀气，好一对璧人。当然，近看的话就会发现男人身材已略显发福，女的眼角已有鱼尾纹呈放射状。

萧朗又在仔细斟酌到底买哪种牌子的避孕套，杜蕾丝当然是好，如果不是太贵的话。我不理他，推着购物车在特价商品区细细挑选。

正在看一瓶眼霜时，有人叫我的名字，循声望去，一个美女耀眼生辉地站在不远处。走近了才知道是个大学时的同学，也不是很熟，印象中大学四年维持着灰头土脸的样子，谁知道今日出落得如此光鲜。总不免寒暄几句，我傻不唧唧地问：“你结婚了吗？”美女优雅地吐个烟圈：“结婚？我这么年轻，不多享受几年生活，结什么婚？”她走出很远，我还直盯着她的背影不放。真是三十年河东三十年河西，想当年，我沈欢颜也曾有过这么漂亮风光的年代啊。念往昔之悠悠，独怆然而涕下啊。想当年，真是不能再想了。

还是要面对现实，所以在夜里十一点的时候，我还是瞪着一双酸涩的眼睛，一封一封机械地投着简历。萧朗笑我：“拜托你保持一点儿格调好不好？好歹也是学文案策划科班出身的。看看你填的什么求职意向：推销、文秘、助理，就差写一个打字员了。”我不和他争论，只是催他去睡觉。我的老公，三十岁，书读得太多，读到了化学博士，脑子也读得有点儿进水，不明白什么叫作人情冷暖、柴米油盐。就业压力这么大，我只求找一份工能保我们两人衣食无忧，这就是最大目标了。至于说理想，我也有过理想，我的理想是做一名全职太太，每天的工作就是把自己打扮得像一朵花，可是你告诉我，全中国十三亿人民有几个实现了自己的理想？归根结底，理想是不重要的，吃饭才是最关键的。

睡觉时，萧朗的一双手不安分地在我身上动来动去，他说：“老婆，你身上真香。”

我说：“今天看见一个大学同学，她真漂亮。”

他亲了亲我的耳垂：“呵呵，你也不错。”

我喃喃自语："希望明天能够找一份好工作。"

他说："老婆，我们有多久没有亲热了啊？"

我说："欧珀莱的眼霜怎么老不降价？"

他的双手停止了动作，他转过身去，给我一个冷冷的后背。黑暗中，他瓮声瓮气地说："明天不要调闹钟，吵死了。"

我应了一声，爬起来把手机的闹钟摁掉。夜，是无穷无尽的黑，他很快就发出了轻微的鼾声，而我在黑暗中无声而隐忍地啜泣。

突然想起，今年上半年跟妈妈去南岳玩的时候，路过一座庙，在庙里的和尚那里求得一块玉，那个白胡子白眉毛的老和尚告诉我那块玉可以消灾解难，他曾经郑重地对我说："孩子，它可以消除掉你心中的忧愁。"可能是我看起来就不开心的样子吧，我并没有把他说的话当回事。那块玉是灰白色的，有一个小小的缺口，一点儿都不精致，回来后我随手把它放在抽屉里，从来没有佩戴过。

在这个令人感到绝望的黑夜我突然想到了那块玉，就像想起一枚可以消除我忧虑的符咒。我拧亮台灯，在抽屉里一顿乱翻，很快便找到了它。我把它挂在脖子上，它不像一般的玉石那样清凉，而是温润地贴着我的皮肤，很奇怪，我很快就陷入了睡眠。

朦胧中我听见一个声音轻轻地唤我的名字："欢颜，欢颜，来，带你去见一个人。"一股无形的力量指引着方向，我站起来，向前走去，渐渐地走近了目标。是一间很老的房子，爬山虎爬满了整个土坯墙，柔和的阳光铺洒在整个屋顶。这间老屋给我一种很亲切的感觉，似乎在梦里，我一直希望拥有这样一间房子。

推门进去，屋子里面布置得很简陋，粗糙的墙壁上贴着几张泛黄的画，画上有长袖飘飘、似乎要凌风飞去的仙女；有大胖娃娃，抱着一个金灿灿的大元宝，咧开没牙的嘴笑得正欢。阳光从窗棂透进来，打在墙壁上，形成一串枯黄色的光柱，可以清楚地看见灰尘在飞舞。

这时候，我看见了那个小小婴孩，阳光正好洒在她的身上，让我产生一种错觉，像见到了小小的安琪儿。她不过一岁左右大，胖嘟嘟的，脸蛋儿像一只光洁的苹果，淡褐色的头发柔软而稀疏。她正把一只粉嫩的拳头放进口中吮吸，一双大眼滴溜溜地盯着我，丝毫不显得畏惧。

我抱起她，她的身体无比柔软，我能够嗅到她身上淡淡的奶香，她“咯咯”地笑着，声音清脆纯净，呼出的气息芬芳而洁净。

“姐姐。”小小婴孩软语呢喃，我欢快地答应。

小女孩的妈妈推门而入，她还相当年轻，淡淡的眉眼，容貌美丽而略显憔悴。我向她微笑。

她却对我视而不见，拿出一个拨浪鼓拨弄着哄她的宝宝。

至此我才恍然大悟，原来她根本就看不见我。我意识到自己是在做梦，但梦境是如此真实而离奇。我突然想起贾宝玉神游的太虚幻境，莫非我也进入了这样一个未知的空间？

少妇柔声哄她：“欢颜，我的乖宝宝。”

我顿时如遭雷殛。

不错，她就是沈欢颜，二十七年前的沈欢颜，年仅一岁的我。

我一阵晕眩。

二十八岁的沈欢颜，肢体僵硬、赘肉渐生、呼吸污浊、言语无味、面目可憎，整日于冷漠尘世中营营役役，看尽天下人脸色。原来，我曾经是母亲捧在掌心的小太阳，给她带来了这么多的快乐。

我年轻的妈妈就站在我的面前，而她的美丽竟然让我认不出她是谁。

妈妈抱着小女孩出去了，她们在阳光下嬉戏、欢笑，童话中最温馨的场面在我面前上演。

突然有人用力摇我的肩膀：“欢颜，醒醒，快迟到了。”

童话世界突然淡去，眼前是萧朗熟悉而真实的脸。

那样美好，原来是一场梦，不过一个人可以在梦里重温一生中最美好的回忆，也未尝不是乐事。

萧朗奇怪地看着我：“梦里笑得那样开心，都不忍心叫你起床了，没办法，六点半了，我记得你今天八点还有一次面试。”

“谢谢！”我愉快地穿衣起床。洗漱时对着镜子吓了一跳，很久以来，我都没有见过自己如此容光焕发。

穿那件习惯用来面试时的衣服时萧朗递过来一条丝巾，淡绿色，很别致。他低声说：“不好意思，老婆，买不起那件你喜欢的衣服。”

我已经很满足了，衣食住行当然要靠自己双手打拼，爱情，能带来一点儿锦上添花的温情已足够。

出门时他居然亲了我，搞得我有点儿受宠若惊。

那块有点儿残旧的玉还挂在我的脖子上，它给我带来了一个好梦，我希望也能给我带来一份好的工作。

2

不知道那块玉是不是真的可以给我带来好运气，当我走进招聘主管的办公室时，居然看见我高中时的死党林菁威严地坐在那里。

林菁是我高中时最好的朋友，那时候住在宿舍里，两个人夜里挤在一张狭小的床上，总有说不完的话。读大学时她出国了，后来便渐渐地断了联系。

此刻，我的好姐妹，云鬓高挽，薄施脂粉，穿一丝不苟的宝姿套装，粉面含春威不露。

我的高兴不亚于找到一份好工作，惊喜地叫道：“呀，菁菁，你跑到哪里去了？”我快步向她奔去，亲热地一把抱住她。

不知道是不是我太敏感，我感觉到她的身体微微地僵硬了一下。然后，我们自然地分开了。

林菁伸出手：“你好！”

我无精打彩地和她进行程式化的握手：“你好！”

林菁问我：“最近过得可好？”

我淡淡地回答：“还好！”已没有耐心和她进行这种客气的寒暄。

面试照常进行。主试官除了林菁之外还有一位男士。我笑容可掬地回答问题，心里总有挥不掉的失落。在这样的场合和老友重聚，她手里掌握着我的生杀大权，我们连叙旧的可能性都降到零，真是一种莫大的讽刺。

出来时林菁亲自给我开门，低声对我说：“周末有空再找你喝咖啡。”

我应了一声，很想问问她是不是不记得我根本就不喝咖啡，因为怕苦。当然，林菁还是个清贫的小姑娘时，也是不喝咖啡的，对于我们贫民来说，有时候，学会喝咖啡是一种品位的象征。要知道，一杯纯正的蓝山咖啡差不多要花去我一个月的早餐费。

回到家里，着实郁闷。不用工作，平白多出这么多时间不知道放到哪里去用。平常的爱好无非是看看书，但最近的畅销书都有点儿不忍卒读。找个人一起玩玩儿，说说家长里短也好，打开手机却发现里面除了老公和家里的电话没一个是熟悉的，青天白日的，每个人都有自己的事情要做，谁有心思来听你的碎碎念！

翻了以前的相册来看。最近照相很少，高中和大学时的照片一叠一叠的。很多是和林菁一起照的，有一张她穿着蓝色的背带裙，我穿白衬衣和浅绿色百褶裙，十指相扣，四目相视，颇有一点儿相视而笑、莫逆于心的味道。

那时候我们两个都是尖尖的瓜子脸，出落得水葱似的，在校园里晃荡时显得特别的招摇，一时间风起云涌，引无数学子竞折腰。但是我们总是双入双出，根本不把其他人放在眼里。我们都很喜欢亦舒的小说，其中有一部《流金岁月》，说的是蒋南荪和朱锁锁两个女人间渊远流长的友谊，我们自认为情比金坚，比起她们来毫不逊色。我记起那时林菁的理想是做一个亦舒那样的成功事业女性，在三十岁以前功成名就。我却只是羡慕亦舒笔下的姜喜宝，一个出身贫寒傍了大款的女孩子。她的名言是："首先，我要很多很多的爱。如果没有的话，我要很多很多的钱。"真是"三岁看到老"啊，胸怀大志的林菁现在成了新时代独立女性的典范，好逸恶劳的沈欢颜傍不了大款，也挣不了大钱，青春红颜也快成为明日黄花了。

我躺在阳台上的一张躺椅上，午后的阳光醉人，我的眼皮变得沉重起来，相册从我手中滑落下去。

我听见一个声音问我："欢颜，你为什么不开心？"我说："我不开心，因为我的朋友不再爱我了。这个世界上再也没有爱我的朋友了。”那个声音说：“那么欢颜，你看看，她可以算是你的朋友吗？”

我沮丧的心情有所回扬，因为我期待再一次神游太虚。

十七岁的林菁和沈欢颜出现了。

阳光下，林菁和沈欢颜的白裙子被风吹得像两只翻飞的蝴蝶，两个人手拉着手各骑一辆脚踏车，空气像蜜一样在她们之间流淌。

深夜，沈欢颜偷偷地爬到林菁的床上，偷偷地说：“菁菁，我胸口很痛。”她拉过林菁的手放在她奶酪般的胸脯上，破土而出的蓓蕾像雏鸟尖尖的嘴。林菁笑：“‘飞机坪’终于也开始崛起了。”她是学校闻名的波霸，胸前的规模足以俯视叶玉卿，直抵叶子媚。

走廊拐角处昏黄的路灯下，林菁拿出她的胸衣给沈欢颜试。是那种简单的样式，粉红色，缀有细细的蕾丝。胸衣束在沈欢颜刚刚发育的胸上，明显中气不足。林菁调侃她：“记住每夜睡前按摩，把衣服撑起来。”沈欢颜的脸在灯光下红得像一只滴血的苹果。我想起，生平所穿的第一件文胸是林菁送的，很精致，是我喜欢的湖水绿，有细密的花边流苏。多年以后，我看见梁咏琪在《绝世好 Bra》中说：“好的内衣穿在身上，像情人的手轻轻托起你的乳房。”我却文不对题地想起林菁送我的那件内衣。

又是黑暗中，林菁伏在沈欢颜的肩上嘤嘤哭泣，反复地说着：

“欢颜，我不能没有他。”她口中的“他”是生命中的第一个男友，曾亲吻过她玫瑰花瓣一样的嘴唇。沈欢颜摸着她的头发：“我知道，你对他很好。”林菁哭得更厉害了：“可是，他不要我了。”沈欢颜给她拭泪，轻声安慰：“放心，你还有我。”

林菁望向她：“欢颜，你会一直陪着我？”沈欢颜回答：“是的，只要你需要我。”

但是有一天，你不再需要我，我心酸地对比着现在和过去的林菁。

在无比的感伤中，我睁开了眼睛。远处传来一首熟悉的老歌：“她们都老了吧？她们在哪里呀？”是朴树的《那些花儿》。我生命中的那些花儿一样的朋友，开了又谢，所幸，还有她们留下的芬芳，提醒我曾经有人给过我那样温暖的感情。

门铃响了，萧朗回来了。我跳起来给他开门。天已经黑了，米还没有下锅，关于“知交半零落”的感伤在生活的夹缝中，也仅仅能够维持一个下午的梦境而已。周末居然真的接到林菁的电话，通知我下个星期可以正式去上班，在她手下做策划。

“欢颜，你现在有空吗？”她问我。

“我不喜欢喝咖啡。”我条件反射似的说。

她轻轻地笑：“你以为我不记得你只喜欢喝饮料？永远的小农意识。这样吧，到我家里来，我做好吃的招待你。”

听她说到家，我心中微微一动：莫非林大美人也名花有主了？

面对未来顶头上司的命令，当然不敢拒绝，随便翻出件外套穿上，打车匆匆地往她家里赶去。

林菁的房子座落在市中心，只有一室一厅，麻雀虽小，却五脏俱全，从装修到布置都十分精巧，充分显示出女主人不俗的品位。

林菁穿一身剪裁得体的家居服，素面朝天，皮肤仍然是光洁如玉的。

她用鲜榨果汁机榨橘子汁招待我，刚榨出的果汁真是赏心悦目，我接过来一饮而尽。

“欢颜，你皮肤有点儿干，要多补水才好。”林菁的手掠过我眼角的细纹。

我突然有种泫然欲泣的感觉，捉住她的手轻叹：“菁菁，老实说，这些年我过得很辛苦。”

“我知道。”林菁轻拍我的背。

整整一个下午，我们坐在客厅的地毯上，琐琐碎碎地说着分开后的种种不如意。原来表面风光的林菁，经历的苦痛并不亚于我。但是总算有一个人，能够陪在你身边，在你流泪的时候轻轻叹息，在你欢笑的时候满怀喜悦，中间隔着的几年时间很快淡去，我们有太多的共同岁月，演绎成太多的回忆和话语。

3

进了新公司，很珍惜这来之不易的工作机会，加上不敢让力荐我的林菁丢脸，我投入得像个拼命三郎。

换了别的老板一定赏识我的勤奋，可惜我的顶头上司是林菁。守着电脑三天三夜做的广告策划满怀欣喜地交上去，不到三分钟被迎面丢回，林菁劈头说："我不认为这代表着你的真实水平。"

我泄气地嘀咕："我也不认为我还有什么更高水平。"

林菁略为和颜悦色："这关系着你和我的工作前景，欢颜，我只是公事公办，希望你体谅。"

勉强应了一声，我还是面如死灰。

守着电脑继续用功，只是一个普通的洗发水广告，我已做得如此吃力，天知道，电视里播放的此类广告多达百种以上，费再多的力也有抄袭之嫌。

下班同事相约去钱柜K歌，说实话，对陌生人和陌生环境我总有恐惧感，手头一大堆工作变成了最好的推脱借口。尽管如此，我还是报以满脸抱歉的微笑。

走出办公大楼时，已是万家灯火。远远地看见一个熟悉的背影，灯光将他寂寞的影子拉得很长。

我想起，大学快毕业实习的时候，他也是这样默默地等待着我下班，那时候，一看见他，年轻的心里就涨满了喜悦。

此刻，我居然生出一种甜蜜的忧伤，生活这样艰难，在无聊琐事上耗费太多心力，弄得我常常忘记了，我所有的，不过是他，他亦如此。

我奔过去，叫他："萧朗！"

萧朗回过头来，嘴里叼着一支玫瑰花，玫瑰的娇艳和他已略显沧桑的面容相衬，奇趣之极。

我顿时羞赧，接过花来在鼻端轻嗅，娇羞如十八少女。虽然年纪也有一把了，我还是会为太过直白的感情表露而害羞。

萧朗拉过我的手，放在他两只手心轻搓，一边埋怨我："天这么凉了，也不多穿件衣服。"

我也打趣他："知道我喜欢百合，偏偏要买最艳俗的玫瑰。"

两人都忍不住"扑哧"笑出声来。

温馨一直持续到晚餐后，萧朗犹豫再三终于对我说："导师有一个很好的课题让我参加，这是个难得的机会，欢颜，我想继续读书。"

我整张脸马上僵掉，读书读书，这世界腥风血雨，谁不想一直呆在象牙塔里，偏偏是我沈欢颜生来命贱，自大学毕业后马不停蹄为生活奔波，我也想不食人间烟火，关键是有哪个好心人能给我一箪食一瓢饮？

我不说话，继续收拾碗筷。

萧朗看着我，满脸愧疚。

我走进厨房，将手插入冰冷的水中，逐个清洗堆了一天的碗。

萧朗跟了进来，待了半天，只冒出一句：“欢颜，我知道你很辛苦，我这样做，只是为了将来让你有更好的日子。”

“拜托，不要拿我当托辞。你将来也许美好，不代表我的青春岁月要永远艰辛。”

我回头，目光如炬地看向他，可恨此时此刻，竟然失语。

萧朗瑟缩地低下头。我一直逼视着他走出厨房。

还是忍不住，大颗的眼泪滴在污浊而油腻的洗碗水里。沈欢颜啊沈欢颜，你还没有修炼成精啊，生活让你苦痛，却远远还没有让你麻木。

夜里萧朗自动抱被子在沙发上睡，我在床上辗转了半夜，还是爬起来，就着牛奶吃下一颗安眠药。

才入睡，那个无比亲切的声音就轻轻唤我：“欢颜，来来来，见见这最爱你的人。”

口口声声说最爱我的萧朗，现实中我不得不面对他，在这梦境里，我永远不要见他。

延伸在眼前的是一条连绵的山间小路，夹在青山绿水之间，像通往遥远的天国。不时有布谷鸟欢快的鸣叫传来，南风掀起阵阵松涛。

小路的尽头走过来一个人，近了近了，不是一个人，是一个小女孩伏在一个青年男子的背上。

那男子剑眉星目，理着精神的平头，白衬衣虽然很旧了，却还是浆洗得一尘不染。我看清楚了他的脸，这个最爱我的人，我的父亲。

我年轻的父亲真是风度翩翩，英气勃勃，典型的美男子，难怪年轻的妈妈会对他一见钟情。

小小的我伏在父亲背上，只有四五岁，也是短发，她调皮地在父亲背上蹭来蹭去，发出“咯咯咯”的笑声，和布谷鸟的歌唱相互应和。

大风吹下几朵落花，落在父亲的背上，小欢颜留下一朵，别在父亲的耳朵上。

父亲笑着将她放下来，把花别在她红色灯心绒衣服的衣襟上，花是那种白色的小小山花，异常芬芳。

小欢颜走累了，便缠着父亲要他背。

父亲还是笑：“欢颜，自己走啊，爸爸也累啊。”

小欢颜嘟起小嘴：“怎么会啊？爸爸是不会累的啊。”

父亲宠溺地摇摇头，一把抓住她小小的身子，轻轻地放在背上。

父亲的背是那么宽厚，足够为她挡住半生的风雨。

父亲问：“欢颜，有一天爸爸老了，怎么背你啊？”

小女孩头摇得似拨浪鼓：“不会的，爸爸永远不老。”

父亲轻笑：“欢颜一天天长大，爸爸怎么会不老呢？”

小女孩答：“那我就不长大，爸爸也就不会老，可以永远背着我。”

那条山路很长很长，仿佛不会有尽头，小小的我伏在父亲的肩上，不时从他上衣口袋里摸出一块糖来吃，事隔多年，糖的甜蜜似乎还在我的舌尖打滚。

我多么想这条路一直延伸下去，就像我不想长大，更不想让父亲变老。

我禁不住说：“我不想回去，请把我留在这个梦境里。”

那个声音没有回答我，良久，只传来一声悠长的叹息。

当然还是要醒来，第二天正是休假，打电话跟林菁说我不去加班了，她笑问：“什么事重要到连工作狂人也要休假了？”

当然是最重要的事，我搭了两个小时的车，跑到邻近的另一个城市去看我的父母。

爸妈看到我先是欢喜，继而生疑，妈妈问：“有事儿没事儿往家里跑，是不是工作上出问题了？”

我摇头否认。这些年除了过年过节太少回来，难怪他们怀疑，可见我是多么不孝。

来时买了大捧白色的香水百合，插在玻璃瓶子里。父亲捧着花瓶用力地嗅，做出一种陶醉之极的样子。我为老人家的幽默感哈哈大笑。

妈妈却埋怨：“怎么不买个盆栽植物，花又养不了几天，多费钱。”难怪有人说女人未老前是浪漫主义诗歌，老了就变成了批判现实主义小说。

爸爸开怀大笑："花才好啊，这可是我第一次收到花啊。"

我凝视着他，岁月已让他长出了老年斑，花白了头发，但在女儿的眼里，他仍是那年轻英俊的父亲。

饭后，妈妈去收拾，爸爸坐在沙发上看一张报纸。

我走过去，蹲在他身旁，仰起脸叫他："爸爸。"

父亲悄然动容，问我："怎么了欢颜？"也许是因为我们很多年不再亲近。

我摇头。

父亲并不追问，只是摊开了手掌。

像儿时一样，我把脸埋在他宽大的手掌之中。

两个人都不说话，再抬头时，我已是泪盈于睫，心里却只感到温暖。

回公司做了新的广告。一个简短的动画广告，一个靓女轻轻掠起如瀑黑发，旁边一俊男将鼻子凑到她发端轻嗅，画面音轻轻响起："我的美丽与你共享。"林菁那边终于予以通过。

4

到了年底工作更忙，一日走进办公室，只见人人交头接耳，神色诡异，却又按捺不住兴奋的模样。

我问相熟的秘书小陈："发生什么事了？"

她先是讶异："你不知道？"继而摇头摆手不发一言。

我不再过问，打开电脑，着手处理手头的工作。

突然办公室空前安静。

我抬头，见林菁站在我面前。

我正想询问，她已开口："欢颜，到我的办公室来一下。"

我诧异她的声音如此无力。

一关上办公室的门，林菁就告诉我："我被老板炒了。"

办公室里没开空调，大冷天的，我真有一种倒吸一口凉气的感觉。在我心目中，林菁就是这家公司的代言人，隐形的老板，我唯一的靠山，现在树倒了，我这只猢狲是不是也该滚蛋了？

我问："为什么？怎么可能，老板那么需要你？"如同呓语。

林菁抓住我的肩膀："欢颜，镇静点。"力量从她的手上传来。

我看向她："菁菁，我同你一起走。"

林菁苦笑："你以为这是门派斗争，需要你来抛头颅洒热血奉献忠肝义胆？欢颜，这是公司高层出现问题的一点小的变动，你不懂，也不需要懂，更无须介入。"

她说得很对，我只是一个小卒子，谁会斤斤计较我的去留？但是她这一去，我便如丧家犬般惶惶不可终日。我彻底被击倒，瑟缩在沙发里发抖。

林菁叹口气："说实话这家公司我也呆腻了，走出去大好世界。我一个海归硕士，有才有貌，不愁无人赏识。欢颜，我不放心的倒是你。"

我感激地握住她的手："这年头大难来了夫妻都会分头飞，得友如此，夫复何求？"

我语无伦次地说："谢谢你菁菁，但是我真的很舍不得你，我怕你在外面吃苦。"

林菁微笑："当年一个人在异乡，每天在餐馆洗盘子到凌晨，回家还得做好功课以求拿奖学金，那样的日子，以为到不了头，结果还不是过来了。"

我喃喃地说："一切都会过去的。"恺撒大帝的名言，一切都将烟消云散，富贵于我如浮云，功名于我何有哉。

林菁还是笑："是的，还不是世界末日，没什么大不了的。欢颜，你已经学会很多东西，别忘了最重要的一项，勇敢。"

我展颜一笑："喂喂，搞清楚状况，失业的是你不是我。"

林菁笑着拧我的脸。

话虽如此，我还是可以想到，当她抱着一纸箱东西走出这幢大楼时，心情不是不悲怆的。

换了新上司，我还是照常工作，不更努力也不更消沉。新上司是位年轻的帅哥，为人相当洋派，新官上任三把火，着实锐意革新了一番，也并不针对我们这些林菁部下的老兵，只是工作日益繁重。很多人开始抱怨，我还是沉住气一声不吭，埋头做事。

生活照常在运行，努力工作，但离升职永远有一步之遥。

公司在年底提拔了一批人当作最好的新年礼物，名单里面没有我。

同事说："怎么可能？你这么努力。"语气有的惋惜，有的尖酸。

我淡淡微笑，心里不是不介意的。

放年终假前，新上司单独派了我一个红包，金额接近五位数，不可谓不丰厚。看得出，他是真心赏识我的，所以突破常规给我这种逾级的奖励。

于是转悲为喜。我一向重实利。如果评我一个优秀员工不如多发我几张人民币。

打电话想找林菁出来庆祝，电话里她的声音异常单薄："我在医院。"

我飞速打的赶往医院。

林菁坐在病床上，脸色和床单的颜色接近，眼边嘴角是浅浅的倔强细纹。扶她起身时我不禁吓了一跳，平时看来十分丰盈的她如今纤腰真的是盈盈一握，触手都是硌手的骨头。才两个月没见到她而已。

没寒暄几句，医生推门而入，语气冰冷："你男朋友还没来？这种手术是不可以拖的。"

林菁顿时花容惨淡。

我识趣地不多问，奔出去追住那医生细细打听。

只听得他说了“宫外孕”三个字，我顿觉天旋地转，要扶住墙壁才能不倒下去。

冷静了几分钟才勉强挤出一脸笑容去面对林菁。

我说：“给他打电话。”

她摇头：“要来的话早就来了。”

我急出一头的汗，口不择言：“没吃过猪肉总见过猪跑吧？你从十七岁恋爱，阅男无数，怎么栽在这么一个人手里？”

她拿纸巾给我擦汗，安慰我：“别着急，很小的一个手术而已。”

我暴跳如雷：“你以为只是搞个无痛人流那么简单，搞不好就要林黛玉魂归离恨天了。”

林菁皱眉，轻轻喝住我：“别胡说。”不怒自威。

我顿觉失态，双手紧握住一个纸水杯，连水溢出也不自觉。

林菁拨开我额前的碎发，轻轻说：“欢颜，我以为你是理解我的。没有什么人迫害我，一切都是我心甘情愿的。”她叹口气：“你可以说我下贱，但是欢颜，难道你不明白我吗？”

我张开双眼，正好与她那似怨似泣的眼神相对，这一瞬间，我似乎明白了她，更透过她明白了我自己。

也许有些女人因为太过至情至性，当太爱一个人时，总是把自己放在异常卑微的位置。如果遇人不淑，这就是她命里难逃的桃花劫。

我又可以谴责她什么？我也只不过是从那一场劫难中勉强逃生出来的。差一步，我便要化了烟化了灰，只因上天保佑，才勉强留了个肉身而已。

我突然勇敢起来了，定定地说：“好吧，那么我们马上开始手术。不要怕，你还有我。”

我用了一番声泪俱下的演说才说服医生同意我作为直系亲属在手术单上签名。

林菁被推入手术室前，我失控地给了她一个窒息的拥抱。这一刻，我们骨肉相连，血脉相融。

我坐在手术室外的走廊上等待手术结束，不停地流泪，因为没有开空调，眼泪流在脸上，很快被风干，像冰一样割裂着我的皮肤。

但我只是控制不住地流泪，为林菁，为自己，为那些曾肝肠寸断的历历往事，我想，所谓的“千红一哭”“万艳同悲”说的就是这种深入骨髓的悲伤吧。

林菁终于被完好无损地推了出来。不，我这样说是极端错误的，从今以后，她只有以一颗残缺的心来守着这一具外表华美而内部已千疮百孔的躯体了。

林菁努力伸出手，抚摸我肿得似烂桃的眼皮。

我握住她的手，又忍不住流泪："好了菁菁，医生说，不影响生小孩，不影响我做干妈。"

林菁微笑，她的笑和我的泪一样，是历尽沧桑后的淡淡喜悦，生命的苦难接踵而至，只要你还会笑还有泪，你就不曾麻木，还来得及享受这劫后余生的喜悦。

窗外已华灯初上。

急急地赶回家，从邻近的超市买来新鲜的土鸡，装在一个小瓷罐里，急急地炖。

萧朗贼头贼脑地晃进来，猛吸鼻子："这么香，是不是看我最近找工作太辛苦，特意给我进补的。"

我心虚地笑。最近不知忙些什么，根本就没察觉到他已临近毕业，要找工作了。

萧朗倚在门框边，睫毛的阴影打在脸上，两颊陷进去，可能是因为瘦了，所以显得帅了。

我问他："工作找得怎么样了？"

他长长地舒口气："还行。欢颜，你不是一直喜欢苏州，我们去那边工作可好？"

我笑笑："你当然可以考虑，我这边工作尚好，不想老挪地方。"

我之所以不定期地失业和老挪地方也有关，他在A地读硕士，我就跑到那找份零工打打；他换了个地方读博士，我又屁颠儿屁颠儿地跟过来。我一直讨厌这个城市的吵闹、阴晴不定的天气和大声说话的本地居民，为了爱情，我忍受着一切，并把忍受变成了习惯。我终于习惯的时候他说又想挪地方，也许是为了我，但是我已受够了这一切。如果爱情注定让我们如此颠沛流离，我们会不会后悔我们当初的选择？“相濡以沫，不如相忘于江湖。”

萧朗从背后环住我的腰，柔声说：“好好好，你在哪里，我就在哪里生根发芽，永远做你打也打不走的跟屁虫。”声音柔得像三月的和风。这样矫情，我反而受不了，忙挣脱他的手，拿保温杯盛鸡汤。

他无奈地笑：“真的不是给我做的啊。”

我自顾自地忙：“给林菁的。她生病了，在住院。知道你不爱喝鸡汤，下次给你炖银丝鲫鱼。”

萧朗有点失落：“不是你父母，就是朋友，真不知我在你心中排第几。”

我拧他的脸：“这么小气，跟病人吃醋。”

萧朗很乖地给我开门，手里拿着外套，说：“我跟你一起去看她。”

我连忙拒绝：“别客气了，有我就行了，你去了林菁没力气跟你客套。”

萧朗给我系好围巾，故意酸溜溜地说：“好啊，你们是一家人，我倒成了外人了。”

我摆手，转身叫了一辆的士。

守着林菁喝了鸡汤，天色已晚，她催我回家，我终究不放心把她一个人撂在病房里，便交了个床位费睡在她旁边。醒来时鼻端仍有挥之不去的消毒水味。

但是林菁却不在，只见一个身穿病号服的少女背对着我。背影纤细，长发披肩，我的心咚咚地跳了起来，我终于看到了她，我一直回避的她。

她并没有回过头来，只是专注地往玻璃上呵着气，然后就着热气一笔一画地写一个人的名字。

我不禁心如刀绞。什么样的爱，什么样的人值得你忘了生，忘了死，忘了病痛，也忘了自己呢？

我想默默走掉，但是我知道这个梦境便如人生，你想一直延续下去的快乐未必能长久，你想逃避的痛苦也不得不面对。

我只有选择面对，颤声叫她：“欢颜。”

她回过头来，尖尖的下巴，褐色忧郁的眼睛，她正是欢颜，二十一岁的不一样的沈欢颜。

我抱住她，轻轻说：“欢颜，不哭。”我一直重复着这句话，我突然跳回到二十一岁的那个冬天，我一直渴望着有一双温暖的手抱着我，对我说：“欢颜，不哭。”当我对过去的自己进行抚慰的那一瞬间，我发现我彻底原谅了他，也原谅了那个做过太多错事的自己。我一直避免这段回忆，是因为我觉得自己太无可救药，伤人伤己，而现在，我终于原谅了自己，从那一刻，我释然地放下了一切。

她哭够了，抬起头来问我：“姐姐，我是不是很傻，你是不是特别瞧不起我？”

我温柔地回答：“一个人一辈子总会犯一次傻，不要责怪自己。我爱你。”

当我说“我爱你”，我才发现，过去的我一直是多么地不满意自己，总是怪自己犯过不该犯的错，爱过不该爱的人，我最不能够完全接受的人竟然是我自己。

这个时候，那个无比温和的声音在我耳边响起：“欢颜，你总算明白了，我也可以收回我的通灵宝玉了。”

我泪如泉涌：“不，请你把我留在这里，她需要我。”她是如此寂寞如此无力，她需要我。

那个声音说：“欢颜，不要执着，一切已经发生，你无须介怀。回去吧，回到真正需要你的人身边去。我希望你能快乐。”

我大声说：“不，不，请让我再多停留一会儿。”

惊出一身冷汗，睁开眼，只见林菁一双疑惑的眼睛。

5

很奇怪地，自从那次梦之后，我的那块玉便变成了一块纯粹的石头，不仅不能再次带我进入幻境，连基本的装饰作用也失去。

我回想起我近来所做的一连串奇怪的梦，得出了一个大胆的推论，那就是这块玉是一个小小的潜意识激发器，一经现实生活的刺激，它便可以唤起脑海中所有深藏的相关记忆。而那个送玉给我的老和尚，便是幻作地球人的外星人或是深藏不露的异种人。

这种想法，完全是卫斯理的小说看得太多的一个后遗症。这样一解释，《红楼梦》中的空空道人等也完全可以看作天外来客。这可以看作红学界的一大突破。

我把这个推论和萧朗说，他的反应是马上跑到玉石店买了一块货真价实的玉给我。

他说："这块石头（指我的玉）的出现完全是为了证明我这块真玉的价值。"

我大笑他"不要脸"，不知不觉却笑出一脸泪光。

所有有关他的记忆那样鲜明地浮现在我的脑海，无须任何提示。他在我最失意的时候陪伴着我；我生病了，他亲手煮鱼汤给我吃，看我吃得高兴，忍不住问："我吃个鱼头好不好？"他从来不曾大声对我说过一句话。

见我流泪了，萧朗慌得一把抱住我，诚惶诚恐地说："欢颜，别哭。”

我呜咽着说：“好的，我不哭。”眼泪却流得更凶了。

你知不知道，这完全是幸福的泪水？

图书在版编目(CIP)数据

爱情太短 而遗忘太长 / 慕容素衣著. -- 长沙 : 湖南文艺出版社, 2015.10
ISBN 978-7-5404-6702-9
Ⅰ. ①爱… Ⅱ. ①慕… Ⅲ. ①散文集—中国—当代Ⅳ. ① I267
中国版本图书馆 CIP 数据核字 (2015) 第 233583 号

爱情太短 而遗忘太长

慕容素衣 著

出 版 人 刘清华
出 品 人 陈 垦
出 品 方 中南出版传媒集团股份有限公司
上海浦睿文化传播有限公司
上海市巨鹿路 417 号 705 室(200020)
责任编辑 耿会芬
封面设计 小 何
美术编辑 王瞻远
责任印制 王 磊
出版发行 湖南文艺出版社
长沙市雨花区东二环一段 508 号, 410014
网 址 www.hnwy.com
经 销 湖南省新华书店
印 刷 北京鹏润伟业印刷有限公司

开本: 890mm × 1270mm 1/32 印张: 9 字数: 150 千字
版次: 2016 年 2 月第 1 版 2016 年 2 月第 1 次印刷
书号: ISBN 978-7-5404-6702-9 定价: 39.80 元

出 品 人：陈垦

监　　制：张雪松　蔡蕾　　出版统筹：戴涛

策划编辑：杨萍　　　　　　装帧设计：小何

美术编辑：王瞻远

浦睿文化　Insight Media

投稿邮箱：insightbook@126.com

新浪微博　@浦睿文化